tredition®

www.tredition.de

AF214603

Für C. und P.
... sie sind mein größtes Glück

Bea Ludwig

***

Die
Parkscheinsammlerin

Eine turbulente Liebe fernab
von Alltag und Vernunft

www.tredition.de

Bea Ludwig freut sich über Ihre Mitteilungen:
info@bea-ludwig.koeln

Besuchen Sie auch:
www.bea-ludwig.koeln
facebook.com/bea.ludwig.946

Verlag und Druck: tredition GmbH, Halenreie 40-44, 22359 Hamburg

ISBN
Paperback: 978-3-347-04271-1
Hardcover: 978-3-347-04272-8
e-Book: 978-3-347-04273-5

Inhalt

Kapitel 1 - Film ab

*E*s liegt ein bisschen in der Familie. Ich kann also quasi gar nichts dafür. Die Frauen in unserer Familie weinen einfach mit Leidenschaft, sowohl bei traurigen als auch bei fröhlichen Anlässen oder einfach auch nur mal so. Mir laufen Tränen herunter, wenn ich ein Lied im Radio höre, auch wenn es nur eine einzige Textzeile enthält, die mich irgendwie persönlich berührt, und die kürzeste Rede auf einem Familienfest, in der es lediglich um die Begrüßung der Gäste und die Eröffnung des Buffets geht, reicht für mich vollkommen aus, ein Taschentuch zu zücken. Abschiede und Begrüßungen auf Flughäfen und an Bahnhöfen bieten ebenfalls eine willkommene Gelegenheit für einen emotionalen Ausbruch meinerseits. Im Kino weine ich sowieso gern, auch während der lustigen Szenen. Eigentlich ist dies neben dem zügellosen Verzehr von Popcorn der Hauptgrund, warum ich ins Kino gehe. Dort lässt es sich im Dunkeln so schön weinen, wenn SIE IHN bekommt, und wenn nicht, na dann erst recht.

Diese Leidenschaft teile ich nach meiner Beobachtung mit vielen Frauen. Neben meiner weiblichen Verwandtschaft sind auch einige meiner Freundinnen gern für eine Tränenrunde zu haben. Wir stehen auch dazu, zumindest im geschützten Rahmen und in vertrauter Runde. Je nach

Anlass genießen wir dabei gern ein Glas guten Rotwein und einen schmackhaften Käse oder andere Leckereien. Gemeinsam ist es eben noch schöner, sich seinen Gefühlen hinzugeben.

Es traf mich jedoch mitten ins Herz, als mir ein männliches Wesen begegnete, das ebenfalls auf Kommando und sogar ohne die schützende Dunkelheit eines Kinosaals Sturzbäche weinen konnte. Ich rede hier nicht von einem leichten Schimmer in den Augen dieses Mannes oder einer einzelnen Träne, die bedeutungsvoll an seiner Wange herabkullerte. Ich meine eine wirklich beachtliche Menge Tränenflüssigkeit, die er aus dem Stand und ohne Vorlaufzeit produzieren konnte.

Die ersten zwei- bis fünfmal war ich emotional bestürzt und fasziniert zugleich, wenn sich alle Schleusen bei ihm öffneten. Dann saß er vor mir: dieser Welpenblick, diese tiefbraunen Augen ... Den Kopf leicht schräg gelegt schüttelte er sich kurz, als könne er seine tiefe Betroffenheit noch irgendwie abwenden, als würde er so sehr um Fassung ringen. Dann warf er noch einen kurzen Blick in die Weite und in die Zerrissenheit seines Herzens und dann ging es auch schon los: Er weinte wie ein Fünfjähriger, der seine Lieblingsserie nicht schauen darf und der ohne Schokoladenpudding zum Nachtisch früher ins Bett geschickt wird, weil er mal wieder etwas angestellt hat.

Irgendwie war es anfangs richtig schön anzusehen, wie seine Schultern bebten und seine Augen glänzten. In solchen Momenten konnte er nur noch Satzfragmente formulieren und bekundete immer wieder, wie sehr und besonders berührt er wäre.

„Was für ein Mann", dachte ich voller Glück in diesen Momenten. Das war ein Sechser im Lotto! Ein Mann, der zu Emotionen fähig war, weich, einsichtig, gefühlvoll, sinnlich, reflektiert und verständnisvoll zugleich. Noch nie war mir ein Mann begegnet, der sich so sehr seinen Gefühlen hingeben konnte. Er trug seine Verletzlichkeit wie eine Ikone vor sich her, und es gelang ihm immer wieder vortrefflich, mich damit zu beeindrucken. Was auf manche Frau eher unmännlich gewirkt hätte, verursachte bei mir genau das Gegenteil: Ich fand es rasend sexy.

Und die ersten dreißig Tränen sahen immer verdammt gut in seinem braun gebrannten Gesicht aus. Auch seine verblichenen Jeans und das lässige Hemd kamen in diesen Momenten noch erotischer rüber, und wenn er mich dann aus seinen wunderschönen schimmernden braunen Augen ansah, war alles zu spät. Ich schmolz dahin und war bereit, ihm jeden Satz zu glauben, so sehr sich mein Verstand auch dagegen wehrte.

Wenn sich dann zunehmend mehr Tränenflüssigkeit in seinem Dreitagebart sammelte und es richtig aus seiner Nase tropfte, ließ der optisch wirkungsvolle Effekt manchmal ein wenig nach. Dann kam das eine oder andere Mal der Gedanke in mir hoch, ihm ein Taschentuch ins Gesicht und über die Nase drücken zu wollen und ihn reinschnäuzen zu lassen. Ich hielt mich aber zurück und ließ die Taschentücher, wo sie waren. Es hätte die Szene komplett zerstört, wenn ich ihm so durch das Gesicht gewischt und zum Trost für ihn auch noch einen Schokoladenriegel aus meiner Handtasche geholt hätte. Es hätte einfach nicht gut ausgesehen.

Seine emotionalen Auftritte waren filmreif. Ich bemühte mich meist, von mir aus nicht noch mehr Aufmerksamkeit auf uns zu ziehen, wenn sich seine Auftritte zum Beispiel mitten in einem Restaurant vollzogen. Außerdem dachte ich auch pragmatisch: Denn nach seinen emotionalen Aus- und Zusammenbrüchen musste ich noch mindestens eine halbe bis dreiviertel Stunde Zeit für „die Aussprache" und meinen Part mit Sätzen wie „Ich verzeihe dir" oder „Es ist auch wirklich eine sehr schwierige und belastende Situation für dich" oder „Uns wird niemals etwas auseinanderbringen" einplanen, bevor wir dann endlich zu mir gehen konnten, um unsere Versöhnung gebührend auszuleben, erleichtert, dass die Tränen nach dem „Ich versteh dich ja" in der Regel schlagartig versiegen konnten.

Auslöser dieser tränenreichen Vorstellungen waren meist verbindliche Zusagen mir gegenüber, die er nicht eingehalten hatte oder einhalten würde. Er verzettelte sich oft zwischen seinen Plänen, Wünschen und Bedürfnissen, und Bedürfnisse hatte er jede Menge. Er war nämlich überall gerne dabei, wo er die Möglichkeit sah, die schönen Seiten des Lebens zu genießen, einem anspruchsvollen und erlebnisreichen Lebensstil nachzugehen und Gelegenheiten zu finden, bei denen seine persönliche Ausstrahlung möglichst gut zur Geltung kommen konnten. Jede Party wollte mit ihm gefeiert werden. Seine Wunschliste war ausgeprägt und lang. Verzicht war ein Begriff, der in seinem Wortschatz nicht vorkam. Dabeisein war sein Leben, immer auf der Überholspur. Wo sich in seiner Wahrnehmung das Leben abspielte, durfte er doch nicht fehlen.

Und was mir erst nach einiger Zeit mit diesem Mann dämmerte: Er vertat sich zwischen seinen Geschichten, die er mir auftischte und deren Wahrheitsgehalt zum Teil sehr fragwürdig schien, denn er machte sich die Welt gern zurecht. Dass er sehr überzeugend wirken konnte, lag vermutlich daran, dass er seine eigenen Erklärungen gerne selbst glauben wollte und das wahrscheinlich in den meisten Fällen auch tat. Vielleicht überzeugte er sich sogar gern selbst mit der einen oder anderen Träne. Und drohte wieder einmal ein Moment, in dem die Leidenschaft und Bewunderung meinerseits für ihn hätten nachlassen können, weil eine seiner typischen Verzettelaktionen passiert war, eroberte er meine Gunst in der Regel mit seinen Tränen schnell wieder zurück.

Er schaute dann immer so schräg von unten nach oben zu mir hoch – er machte sich in solchen Situationen winzig klein, rund und flauschig, damit er diesen Blick von unten nach oben überhaupt hinbekam, kräuselte einen Moment seine Stirn, ließ seine Lippen noch zwei-, dreimal beeindruckend zittern, atmete tief ein und aus, bevor wir nach meinem „Ich verstehe dich ja" rasch die Rechnung in einem Restaurant oder einer Bar bezahlten, um uns eng umschlungen in Richtung meiner Wohnung zu begeben.

Meine Wohnung war der Ort, an dem wir alles um uns herum vergaßen. Sie war der Platz für unsere Auszeiten vom Alltag und von seinen ausgesprochen anstrengenden Terminen rund um die Themen Sport, Spaß und Spannung, wie sie für diesen aktiven und körperbewussten Mann wohl wichtig waren: segeln, surfen, Männertouren, biken, Fitness und natürlich Partys, auf denen man viel von seinen Talenten mit Witz und Übertreibung ausführen kann und auf denen man einfach irre gut drauf ist. All das durfte in seinem satten Leben nicht fehlen. Auf diesen Partys wurde in Männerrunden eher nicht geweint. Da wankte man höchstens einmal gemeinsam an die frische Luft.

Die ersten Male hatten mich seine Zusammenbrüche so berührt – mit seiner auf Knopfdruck zur Verfügung stehenden Verzweiflung – dass mir ebenfalls die Tränen über das Gesicht kullerten und ich ihn sofort umwerfend fand und zum Verschlingen. Auch wenn seine Ausreden und Erklärungen, die seine Tränen begleiteten, in der Tat meist haarsträubend waren, und jede Frau, die auch nur einen Funken Verstand hatte und logisch denken konnte, sofort erkannt hätte, dass bei seinen Ausführungen so einiges hinten und vorne nicht stimmen konnte, schmolz ich dahin.

Es dämmerte mir erst nach mehreren Szenen dieser Art, dass seine Verzweiflung darüber, wie sehr es ihn doch verletzen würde, dass er mich schon wieder so verletzt hätte, doch ein sehr zielgerichtetes Weinen auszulösen schien, um auf kürzestem Weg diese herrliche Wohnung, also meine, wieder mit aufsuchen zu können. Denn dort fand er ganz viel Trost, Verständnis, Bewunderung, einen vollen Kühlschrank und ein frisch bezogenes Bett vor. Seine emotionalen Auftritte wurden zu eine Art Ritual für uns.

Gelegentlich kürzte ich die Szene ab, weil ich dachte: „Du, das geht jetzt hier alles von unserer Zeit ab." Aber wenn ich in Stimmung war, ihn dabei zu beobachten, wie er sich vermeintlich in Selbstvorwürfen zermalmte, ließ ich ihn auch schon mal etwas zappeln und hakte an den sehr offensichtlich unlogischen Punkten seiner Geschichte nach und blieb ein paar Minuten länger konsequent beim Thema, was er selbst möglichst vermied. Es war viel besser als ein Kinofilm, weil es so live und nah und authentisch wirkte und ich selbst mitwirken konnte. Und meist riss er mich einfach mit seinem Sturm der Gefühle mit – unser Vorspiel der ganz eigenen Art.

Dass mir dieser attraktive Mann begegnet war, war wohl ein Wink des Schicksals. Und eines war mein Leben an seiner Seite wirklich nie – langweilig.

Kapitel 2 - Tiramisu

Der Zeitpunkt, an dem dieser Mann in mein Leben gepurzelt war, war passend und unpassend zugleich. Ich war gerade mit dem Umzug in meine neue Wohnung beschäftigt und hatte dafür eine Woche freigenommen. Mit dieser Wohnung erfüllte ich mir einen Traum, denn schon lange hatte ich mitten in der Stadt und in einer Altbauwohnung mit Charme wohnen wollen. Dies tat ich nun seit drei Tagen und ich konnte mein Glück noch immer nicht fassen. Schon lange hatte ich mit einer Wohnung in dieser Gegend geliebäugelt. Ich nahm das Gewimmel auf den Geschäftsstraßen in mich auf und war begeistert von den vielen schönen Restaurants und Cafés, die in unmittelbarer Laufumgebung zu meiner Wohnung lagen. Und ich hatte bereits eine Joggingstrecke für mich erkundet, die mein Herz wirklich höherschlagen ließ. Am Fluss entlang und mit einem fantastischen Blick auf die Skyline der Stadt konnte ich nun täglich joggen gehen. Herz, was willst du mehr?

Es war ein neuer Abschnitt in meinem Leben, dem ich mit Spannung entgegensah. Ich hatte gerade viel Vertrautes hinter mir gelassen und wagte mutig einen Neustart. Lange hatte ich über diesen Schritt nachgedacht und letztendlich alle aufkommenden Zweifel über Bord geworfen. Ich stand in meiner neuen Wohnung und in meinem neuen Leben, frei, unabhängig und erleichtert, den Sprung gewagt zu haben. Eine neue berufliche Chance stand unmittelbar bevor und ich hatte das Gefühl, auf eine große und aufregende Reise zu gehen, und erwartete die Erlebnisse mit Spannung wie auch mit gemischten Gefühlen.

Viele Kisten waren noch auszupacken; sie standen kreuz und quer in meinem Flur herum. Es hingen noch keine Bilder an der Wand, die Ausstattung der Küche war improvisiert, nur das Schlafzimmer war bereits einigermaßen wohnlich. Nach dem Aufbau der Möbel, all den Besorgungen und der Schlepperei fiel ich abends erschöpft ins Bett.

An diesem Dienstag bekam ich am frühen Nachmittag Hunger und beschloss, vor dem Auspacken der nächsten Kisten in eines der Restaurants zu gehen, die ich am Ufer entdeckt hatte. Ich griff zu Schlüssel, Handy, Portemonnaie und Jacke, ging los und schlenderte über die Geschäftsstraße. Ein Duft von Gewürzen kam mir entgegen, als ich das Lokal betrat. Da die Mittagszeit vorbei war, es aber noch zu früh für die Gäste am Abend war, waren nur wenige Plätze belegt. Der Raum war freundlich und lichtdurchflutet. Mir fielen die schönen frischen Blumen auf, die in üppig gebundenen Sträußen auf den Tischen standen. Alles wirkte sehr einladend und mit viel Liebe zum Detail und sehr geschmackvoll eingerichtet.

Die Bestellung gab man an einzelnen Stationen selbst auf. Da vorwiegend italienische Gerichte angeboten wurden, gab es Bereiche für Pasta und Pizza, eine Theke für Salate und wieder einen anderen Bereich für Fleischgerichte, außerdem einen Tresen, an dem man Getränke ordern konnte und einen für die Süßspeisen.

Ich stellte mich bei den Getränken an und plötzlich stand ein Mann neben mir, den ich zuvor schon mit einem kurzen Seitenblick als ausgesprochen attraktiv wahrgenommen hatte. Doch was mir noch vor meinem Seitenblick auffiel, war sein himmlischer Duft, der mir in die Nase stieg. Dieser Duft traf mich unerwartet und zog mich sofort magisch an. Er stand etwas orientierungslos vor dem Angebot an Speisen und Getränken und verschaffte sich gerade einen Überblick über das Bestellsystem. Unsere Blicke trafen sich für einen Moment und er hatte ein Funkeln in den Augen, das mein Herz sofort höherschlagen ließ.

Ich sog seinen Duft ein und rückte ein wenig näher an ihn heran, weil ich einfach noch mehr von diesem Duft einatmen wollte. Wenn mich etwas betören kann, dann sind das gute Düfte. Und dieser Mann mit seinen braunen Augen bescherte mir sofort weiche Knie.

In diesem Moment sprach er mich einfach an, ganz selbstverständlich und entspannt, und fragte, ob ich ihm ein Gericht empfehlen könne. Ich hatte keine Ahnung, was ich antworten sollte, und auf die Speisekarte konnte ich mich nun wirklich nicht mehr konzentrieren. Ich erwiderte daher nur knapp, dass ich selbst das erste Mal hier sei und daher noch nichts empfehlen könne, und heftete meinen Blick nervös auf die Speisekarte.

Als ich an die Reihe kam, gab ich meine Bestellung auf, füllte mein Tablett und setzte mich an einen der vielen freien Tische. Und der Mann mit dem betörenden Duft setzte sich an den Nebentisch, hielt seinen Kopf etwas schief und strahlte mich an, einfach so. Er hatte etwas Jungenhaftes, Verschmitztes an sich, und irgendwie wirkte es frech, dass er ausgerechnet den Nebentisch angesteuert hatte, da doch fast alle Tische frei waren.

Ich erwiderte seinen Blick und wir mussten spontan beide lachen, denn es war sehr offensichtlich, dass da eine Neugierde zwischen uns in der Luft lag. Und so fragte er vom Nebentisch aus, ob wir nicht gemeinsam essen wollten. Ich willigte spontan ein und dachte nur wenige Sekunden darüber nach, was ich da eigentlich gerade tat. Schon schnappte er sich sein Tablett und setzte sich mir gegenüber und sein Duft stieg mir wieder in die Nase.

Wir kamen sofort ins Gespräch. Es war so selbstverständlich und offen, wie wir miteinander umgingen, und es dauerte keine zehn Minuten und wir lachten gemeinsam über alles Mögliche. Es gab sofort etwas

Vertrautes, Anziehendes und zwischen uns war direkt eine Nähe, wie sie selten auf den ersten Blick entsteht. Wir redeten über Alltag, Sport, er erzählte viel von seinem Beruf, der ihn an diesem Tag auch zu einem Termin in meine Stadt gebracht hatte. Offensichtlich reiste er viel, hatte bereits die schönsten Strände der Welt gesehen, und wirkte in diesem Moment so, als wäre er gerade von einem Surfspot zurückgekommen, so erholt und sommerfrisch sah er aus. Ich erzählte von dem Viertel, in dem ich nun lebte, von meinem Umzug, deutete an, dass ich gerade zu neuen Ufern aufbrechen würde, und die Zeit verflog.

Er wirkte auf mich auf der einen Seite total entspannt, gut gelaunt und offen, und auf der anderen Seite tippelte er unter dem Tisch mit dem rechten Fuß immer wieder auf und ab, was doch ein wenig seine Aufregung verriet. Ich fand ihn hinreißend. Und die Atmosphäre war heiter und sinnlich zugleich.

Innerlich verschob ich bereits die Pläne für den weiteren Nachmittag, um nur nicht zu schnell wieder gehen zu müssen, und auch er zeigte keinerlei Ambitionen, zu zahlen. Unsere Blicke versanken ineinander, unser Lachen erfüllte das Lokal. Und wir gestanden unsere gemeinsame Leidenschaft für Tiramisu.

Und so stand dieser Mann mit den dunklen Haaren, der sonnengebräunten Haut und dem fröhlichen Blick auf und holte uns ein Tiramisu mit zwei Löffeln unter dem Vorwand, dass er allein gewiss das Tiramisu gar nicht aufessen könne. Bei dieser Erklärung zwinkerte er mir kurz zu. Wir saßen also tatsächlich mit zwei Löffeln über ein Tiramisu gebeugt, ich atmete seinen Duft ein und er meinen, und es war einfach ein völlig unerwartet perfekter Moment, den offensichtlich keiner von uns beenden wollte. Wochen später erzählte er mir, dass er in diesem Moment alles darum gegeben hätte, in meine Haare zu fassen, aber das hatte er in seiner jungenhaften Art, die eine Mischung aus schüchtern und frech zugleich war, an diesem Nachmittag noch nicht gewagt.

Wir machten uns einen Spaß daraus, wer den letzten Löffel Tiramisu aus dem Schälchen kratzen konnte, und lachten dabei wieder. Dass wir so dicht beisammensaßen, war kein bisschen befremdlich und ich schaute auf seine Hände. Einen Ehering trug er nicht. Einigen Randbemerkungen konnte ich entnehmen – und es wäre mir auch ohne diese Bemerkungen klar gewesen – dass es eine Frau in seinem Leben gab. Doch es schien in diesem Moment keine Bedeutung für ihn zu haben.

Als sich das Lokal langsam zum Abend hin füllte, zahlten wir unsere Rechnungen und gingen gemeinsam nach draußen; ich begleitete ihn noch ein Stück am Ufer entlang in Richtung seines Wagens. Ich hatte keine Ahnung, wie ich mich nach so einer Begegnung verabschieden sollte. Ich wusste nur: Ich wollte diesen Mann wiedersehen und ich wusste schon in diesem Moment, dass es reizvoll, aber unvernünftig war, mir das zu wünschen. Ich hatte meinen Gedanken noch nicht ganz zu Ende gedacht, da nahm er mich einfach in seine Arme, küsste mich und sagte, dass er mich bald wiedersehen möchte, einfach so sagte er das, ohne jede erkennbare Furcht vor einer Abfuhr. Es war ihm anzumerken, dass er alles auf eine Karte setzte, um diese Begegnung fortsetzen zu können.

Wir tauschten unsere Handynummern aus und keine zehn Minuten später erhielt ich seine erste Nachricht. Dass dieser Begegnung tausende von Nachrichten folgen würden, ahnte ich in diesem Augenblick noch nicht. Wir schrieben nach diesem Tag so oft, wie es sich einrichten ließ, und ich war froh, dass ich noch ein paar freie Tage hatte. Und während ich in meiner Wohnung weiter die Umzugskartons auspackte, dachte ich immer wieder an diesen Mann, sah seine funkelnden Augen vor mir und versuchte mich an seinen Duft zu erinnern.

Schon zwei Tage später trafen wir uns wieder. Länger hielten wir es wohl beide nicht aus, auf unser Wiedersehen zu warten. Die zwei Tage hatten wir beide wohl nur anstandsweise hinter uns gebracht, und wir wussten, dass ich ihm an diesem Abend meine neue Wohnung zeigen würde.

Wir trafen uns in einem Café und bestellten Kakao. Wir waren beide sehr aufgeregt und hielten uns an den Händen und küssten uns bereits bei der Begrüßung mehr als flüchtig. Und im Grunde genommen ließen wir uns von diesem Moment an, als wir mit dem Kakao dort saßen und unsere Hände hielten, nicht mehr los. Diese Begegnung zwischen uns ließ uns beide nicht mehr los.

Ich wusste, dass ich mich auf ein Abenteuer mit diesem Mann einlassen würde, und er wusste es auch. Aber dennoch klingelte zumindest ein winziges Alarmglöckchen zart in mir und mein Verstand meldete sich ganz kurz zu Wort. Und so bat ich ihn in dem Café, mir seinen Ausweis zu zeigen. Er reagierte etwas verdutzt und lachte und meinte, ob ich das wirklich ernst meinen würde.

Ich erwiderte, dass er trotz aller Sympathie und Anziehung ja nun mal ein wildfremder Mann sei, und ich gerade im Begriff sei, diesen Fremden mit in meine Wohnung zu nehmen, und da wäre es doch mehr als angebracht, dass ich zumindest seinen Namen und seine Adresse kennen würde, denn ansonsten würden wir halt nur gemeinsam Kakao trinken. Und dabei lachte ich ihn genauso frech an, wie er mich angelacht hatte, als er sich mit seinem Tablett bei unserer ersten Begegnung an meinen Nebentisch gesetzt hatte. Er tat so, als würde er ein wenig beleidigt sein, dass ich ihm unterstellen würde, er könne ja auch ein Trickbetrüger oder ein schlimmer Bösewicht sein, aber dann lachte er auch und holte seinen Ausweis aus der Brieftasche.

Allerdings wirkte er plötzlich etwas nervös. Ich schaute auf seinen Ausweis, schaute noch mal und dann noch mal und wusste nun, dass er mich bei unserer ersten Begegnung angelogen hatte: Das Geburtsjahr in dem Dokument entsprach nicht dem Alter, das er mir gegenüber genannt hatte. In seinem Ausweis stand es Schwarz auf Weiß: Er war fünf Jahre älter. Und er schien mir auch kleiner zu sein, als aus der Größe hervorging, die er für seinen Ausweis angegeben hatte.

Er hatte wohl gehofft, dass ich mir das Geburtsdatum nicht so genau ansehen würde – das hatte ich aber getan und ich sprach ihn sofort darauf an. Und wieder lachte er einfach sein jungenhaftes und unwiderstehliches Lachen und fragte, ob wir deswegen jetzt beim Kakao bleiben würden – blieben wir natürlich nicht.

Ich amüsierte mich innerlich eher über diese eitle Schummelei und zog ihn noch eine sehr lange Zeit immer wieder damit auf, dass er ja gerne jünger und offensichtlich auch größer wirken wollte. Und wenig später ging ich mit ihm die Treppe zu meiner Wohnung hoch und mit jeder nächsten Stufe wusste ich, dass ich mich auf etwas sehr Unvernünftiges einließ, und ich wusste, dass ich es wollte und dass dieser Mann mich faszinierte und reizte, und ich ahnte auch, dass das Glück und die Leidenschaft mit diesem Mann seinen Preis haben würde.

Seit diesem Abend waren wir ein Paar und lebten eine ungezügelte, sinnliche, fröhliche und mitreißende Beziehung miteinander, eine Nebenbeziehung, denn wie ich schon bei unserer ersten Begegnung vermutet hatte, gab es nun nicht nur eine unsichtbare Frau an seiner Seite, nämlich mich, an Ort B, sondern es gab seit über zwanzig Jahren eine Ehefrau an Ort A.

Der Mann mit den schönen braunen Augen und dem betörenden Duft verheimlichte mir gegenüber nicht im Mindesten, dass er schon lange in dieser festen Beziehung lebte, und die Selbstverständlichkeit, mit der er von seiner Frau sprach, wirkte anfangs irritierend auf mich, aber es hielt weder ihn noch mich davon ab, uns Hals über Kopf in eine gemeinsame Zeit zu stürzen. Es waren Begegnungen im Hier und Jetzt und wir blendeten alles andere um uns herum aus, was diese Begegnungen unmöglich gemacht hätten.

Und so begann für ihn ein Doppelleben, und er pendelte zwischen Ort A und Ort B hin und her und fuhr wöchentlich hunderte von heimlichen Kilometern zwischen seinen beiden Leben. Wir genossen die gemeinsame Zeit wie einen kostbaren Schatz und schnell gewöhnte ich mich daran, dass es jede Woche sehr intensive Zeiten mit ihm gemeinsam gab, und in den Zeiten, die er an Ort A verbrachte, lebte ich mein selbstbestimmtes eigenes Leben mit Beruf, Freunden und Hobbys. Ich war sehr froh, dass ich keinen Grund hatte, diesen Mann an meiner Seite zu verheimlichen, wenngleich er auch nur zu bestimmten Zeiten der Woche da war. Mir gefiel dieses neue Lebensmodell, und die Zeiten ohne ihn waren angefüllt mit meinen neuen Herausforderungen. Unsere gemeinsame Zeit machte mich glücklich und beflügelte mich. Und ihm erging es genauso.

Seine Verzettelaktionen mit den entsprechend tränenreichen Verzeih-mir-Momenten gehörten ebenfalls bald zu unserer Beziehung, denn dies brachte ein heimliches Doppelleben schnell mit sich. Und auch wenn es günstig war, nicht am eigenen Wohnort händchenhaltend mit der Nebenfrau im Eiscafé zu sitzen, sondern weit entfernt von diesem offiziellen Leben, so kostete es halt auch viel Benzin und Zeit. Auf die Ökobilanz wirkt sich so eine außereheliche Beziehung mit zwei verschiedenen Einsatzorten eher negativ aus, auf die Hormonbilanz aber positiv, und für eine lange Zeit waren die gemeinsamen Stunden an Ort B für uns geprägt von sinnlichen Momenten voller Leidenschaft und Leichtigkeit, und ich nahm mir fest vor, dass die Waagschale mit den wunderschönen Stunden stets deutlich schwerer wiegen sollte als die Waagschale mit den Schwierigkeiten, die so ein Doppelleben zweifelsfrei auch mit sich bringen würde. Diesen glücklichen Zustand wollte ich mir und uns so lange wie möglich bewahren.

Kapitel 3 - Sporttasche

*I*ch hätte ihn gern Finn, Florian oder Frederik genannt, aber Männer seines Alters heißen nun einmal Richard, Robert oder Reinhard, da ist nichts dran zu drehen. Also meiner hieß Reinhard. Reinhard war sportlich durch und durch. Manchmal war ich mir nicht sicher, ob das mit dem Sport eher Kampf war oder Vergnügen, aber eines wurde mir auch bei Reinhard sehr schnell klar: Das Styling beim Sport war unfassbar wichtig, egal, um welche Disziplin es sich handelte. Und wenn man nur zweimal im Jahr Badminton spielte: Man kaufte alles, was an Ausstattung zu der entsprechenden körperlichen Betätigung dazugehörte.

Wenn ich gelegentlich einen sehr vorsichtigen Blick in Reinhards Sporttasche warf, die er häufig mitbrachte, weil er offiziell im Fitnessstudio war, und ich dabei vorsichtshalber die Atmung einstellte (Wer schon einmal an verschwitzten Schienbeinschonern gerochen hat, der weiß, es riecht unfassbar! Es gibt in der deutschen Sprache keine wirklich passende und umfassende Formulierung für diesen Geruch), entdeckte ich Teile der Sportausrüstung, deren Nutzen sich mir nicht einmal erschloss. Meine Ausstattung beim Joggen ist ziemlich überschaubar: Shirt, Shorts, Strümpfe, Schuhe, fertig.

So wie Frauen nachgesagt wird, dass sie eine Schwäche für Schuhe haben, so haben Männer wie Reinhard einen absoluten Hang zu Trikots und verschiedenen Kopfbedeckungen, die je nach Sportart entsprechend auffällig gestaltet sein müssen. Während ich im Sommer einen Sonnenhut trage, im Winter eine Pudelmütze und ggf. auf dem Fahrrad irgendeinen Helm, haben Männer wie Reinhard da eine deutlich größere Bandbreite. Ein Helm, der dazu taugt, sich mit einem Mountainbike die Hänge herunterzustürzen, taugt natürlich nicht zum Inlineskaten, beim Kickboxen ist wieder etwas anderes, viel Männlicheres als Kopfbedeckung angesagt – klar, wer will sich schon mit einem Fahrradhelm auf dem Kopf vermöbeln lassen. Und bei den Funsportarten, den ganz wilden, wie Surfen, Segeln und dem Bezwingen eines Katamarans, trägt man natürlich ein lässiges Kopftuch, wie kleine Jungs an Karneval, wenn sie sich als Pirat verkleiden.

Bei anderen Sportarten sind es die lässig nach hinten umgedrehten Kappen, die schon bei einem 13-Jährigen stylisch sehr fragwürdig sind, aber gut, diese Jungs sind in der Pubertät, die Synapsen im Gehirn sind zeitweilig nur lose in Kontakt miteinander und der Hormonhaushalt spielt auch mit hinein. Da geht man gnädig mit solchen modischen Statements um. Möglich, dass bei Reinhard ebenfalls der Hormonhaushalt eine Rolle spielte, bei diesen nach hinten gedrehten Kappen.

Eines hatten die komplett unterschiedlichen Kopfbedeckungen jedoch gemeinsam: Sie verdeckten Reinhards deutlich lichter werdendes Haar, egal, ob ein gesprühter Totenkopf auf dem Helm war oder irgendwelche coolen Surfersymbole auf seinem Rotkäppchenkopftuch. Das war sehr praktisch, vor allem, wenn der komplette Körper im Sommer dunkelbraun gebrannt war von dem wilden Leben, das die Extremsportarten so mit sich brachten, und der Kopf sich dann nicht knallrot absetzte. Daher hatte ich ansatzweise Verständnis für seine Kopfbedeckungen.

Und Trikots mussten in den unterschiedlichsten Varianten sein: lang, kurz, eng, weit, schreiend bunt, atmungsaktiv und mehr. Ob Reinhards Gattin sich weigerte, die Sportklamotten in der gleichen Waschmaschine zu waschen wie die Familienwäsche, habe ich nie erfahren. In meiner Waschmaschine hätte ich diese Sportbekleidung nur ungern betreut, zumal man besonders streng riechende Stücke wie Schienbeinschoner auch gar nicht waschen kann und diese draußen zu lüften ist ebenfalls nur ein Akt der Verzweiflung mit geringem Nutzen.

Und mehr als einmal, wenn ich an Heiligabend auf dem Sofa saß, den Weihnachtsbaum betrachtete, mir einen Prosecco genehmigte – und mir dabei vorstellte, wie es sich Reinhard jetzt bei seiner Frau, den Schwiegereltern und den Kindern in der heimeligen Stube gut gehen ließ als total lieber Familienvater – und meine Laune drohte, unweihnachtlich zu werden, dachte ich: „Hey, komm, wer hat jede Woche die müffelnde Sportausrüstung im Wohnzimmer herumliegen, wer? Na? Genau!" Und schon war der Schmerz, die Feiertage ohne ihn zu verbringen, deutlich gemildert.

Das Thema Sport hingegen fand ich etwas beunruhigend. Gut, ich lege auch Wert auf Bewegung: Joggen, Tanzen, Fitness, Bauch-Beine-Po … klar, mache ich auch alles mit. Aber bei Reinhard drängte sich manchmal der Eindruck auf, dass er vielleicht wirklich beim Cycling im Fitness-Studio oder bei Downhills oder beim Surfen sterben wollte. Anders konnte ich mir das manchmal nicht erklären, wenn die Adern vor Anstrengung bei ihm anschwollen, als stünde der Infarkt unmittelbar bevor, wenn er sich beim Sport quälte. Ich weiß es einfach nicht, es muss eine Art Urangst von ihm gewesen sein.

Ich habe lange darüber nachgedacht und mir das nach einer längeren Phase der Beobachtung von Reinhards Sportbegeisterung so zusammengereimt: Die Vorstellung, einfach tot am Schreibtisch zusammenzubrechen, während man die Steuererklärung ausfüllt, muss ihn so verängstigt haben – weil das derartig uncool rübergekommen wäre – dass er stets in Kauf nahm, im Fitnessstudio beim Stemmen von Geräten zu verenden oder beim Surfen von irgendeinem Bestandteil der Surfausrüstung erschlagen zu werden oder sich beim Mountainbiken das Genick zu brechen oder beim Sex oder Kartfahren einen Herzinfarkt zu erleiden. Dann wäre das eben so.

Das wäre dann zwar irgendwie schade und auch zu früh, aber egal, Hauptsache, nicht beim Rasenmähen oder in der Straßenbahn tot umzukippen oder einfach an irgendeiner Krankheit im Krankenhaus zu leiden, ohne auch nur ansatzweise dabei verwegen zu erscheinen. „Trikots" im Krankenhaus sind ja eher einfarbig und zum Zubinden.

Ich will ja nicht meckern. Mit dieser Angst im Nacken arbeitete Reinhard wirklich viele sportliche Aktivitäten durch und das kam mir ja auch indirekt zugute, denn sein Anblick war ausgesprochen erfreulich und attraktiv und sein Körper sportgestählt und wundervoll.

Auch wenn ich den ganzen Hype um seine Ausstattung für die Fit-and-Fun-Momente nie verstanden habe: Die Ausstattung eines Mannes, dem ich gern die Kissen aufschüttele, ist mir natürlich auch wichtig. Es ist also eine klassische „Win-win-Situation". Da lässt sich über das Rotkäppchenkopftuch in den schrillen Neon-Farben doch als Frau sehr entspannt hinwegsehen.

Kapitel 4 - Selfies

Klar, ein typisches Phänomen unserer Zeit ist es wohl, sich in jeder nur erdenklichen Lebenssituation selbst mit dem Smartphone zu fotografieren, und diese Selfies von sich zu sammeln oder in der digitalen Welt zu verbreiten. Beim Essen, beim Sport, bei Wellness und Freizeit und in Urlauben ja sowieso, alles wird mit dem Smartphone dokumentiert.

Okay, ich gestehe, ich habe auch schon an der einen oder anderen Stelle gestanden, vor blauem Himmel oder herrlichen Palmen, habe mein Handy angestrahlt und mich fotografiert und sogar das eine oder andere Bild von mir versendet, wenn es meiner strengen Zensur standhielt.

Reinhard spielte jedoch, was das Thema Selfies anging, in einer ganz anderen Liga. Auch das bereitete mir ab und zu etwas Sorge. Gut, dass er ein selbstbewusster Typ war, der sich ziemlich gern im Spiegel anschaute und wahrscheinlich sogar dabei zuzwinkerte, fand ich irgendwie nachvollziehbar. Es ging mehr um die Häufigkeit, in der er mir diese Selfies digital zukommen ließ. Und wo er überall Selfies erstellte, die er mir binnen Sekunden übermittelte, war zum Teil auch etwas bizarr.

Mal eines vorweg: In meiner Wahrnehmung sah Reinhard auf jedem Selfie nahezu gleich aus, durchaus attraktiv, eben ein echtes Sahneschnittchen, aber eben auch immer gleich. Klar, mal mit Kappe und Sonnenbrille, mal ohne Sonnenbrille und mit Surfbrett, mal mit Handtuch um die Lenden, mal …. Aber lassen wir das. Gut, mit Hilfe der Zoomfunktion konnte ich auch erkennen, wie viele Stunden, Tage oder Wochen er sich nicht mehr rasiert hatte. Aber das war es dann auch schon, was ich an Veränderungen ausmachen konnte.

Ich habe eine Weile gebraucht, um zu verstehen, warum die Selfiesucht so ausgeprägt bei ihm war. Aber eines Tages kam mir ein Gedanke, und ich vermute, Ehemänner, die sich eine Zweitfrau gönnen, sind besonders anfällig dafür. Ich habe dazu eine kleine Studie betrieben im Urlaub, auf Flughäfen, an Bahnhöfen und unterwegs: Ehemänner fotografieren sich schon auf dem Flughafen das erste Mal, sobald die Gattin sich nur zum Gepäckschalter umgedreht hat, und senden das Selfie direkt ihrer Nebenfrau zu, gefolgt von Herzchen und Smileys und digitalen Küsschen.

Und so geht es eigentlich den lieben langen Tag weiter, natürlich nicht nur im Urlaub. Auch im Job, beim Schmieren eines Butterbrotes, abends vor dem Fernseher, wenn die Ehefrau schon mal nach oben geht, um die Zähne zu putzen: Handy raus, Selfie geschossen und abgeschickt an die Nebenfrau.

Es ist ja nicht so, dass der gestresste Doppellebeninhaber Angst hätte, die geschätzte Zweitfrau an Ort B könnte bis zum nächsten Tag vergessen haben, wie er aussieht, aber ihm ist schon klar, dass seine Präsenz an Ort B, wo er die große Freiheit genießt, ja nun mal zeitlich limitiert ist. Er ist nicht da, wenn die Zweitfrau Sehnsucht oder Zahnschmerzen hat, nicht da, wenn jemand mal dringend ein paar Regale an die Wand dübeln müsste, und nachts ist er nur da, wenn die eigene Gattin mal mit einer Freundin nach Mallorca fliegt, oder wenn, was bei Reinhard sehr beliebt war, er die Nebenfrau mit auf Dienstreise und ausgiebige Fortbildungen an attraktive Orte auf diesem Erdball mitnimmt. Aber ansonsten ist er halt doch einen Großteil der Woche nicht da, wie dies bei anderen Fernbeziehungen auch der Fall ist, nur eben unter etwas anderen Vorzeichen.

Das sorgte für eine gewisse Unruhe bei Reinhard, denn er wollte ja weder die Frau an Ort A, aber auch auf keinen Fall die Frau an Ort B aufgeben oder an einen anderen Geschlechtsgenossen abtreten. Der wäre vielleicht tatsächlich vor Ort gewesen, als die Dame seines Herzens mit ein paar Knochenbrüchen vom Sturz beim Joggen auf der Laufstrecke lag, und er hätte ihr dann geholfen, die zerlegten Knochen wieder einzusammeln, um ihr dabei vielleicht sogar ganz tief in die Augen zu schauen.

Mit den Fotos simulierte Reinhard eine Art Pseudopräsenz in meinem Leben und nötigte mich dazu, mir ein Smartphone mit deutlich höherer Speicherkapazität zuzulegen, um all seine Portraits überhaupt noch abspeichern zu können. Manchmal war ich richtig froh, wenn er mir zwischendurch einfach mal ein Bild von dem Inhalt seiner Butterbrotdose schickte oder was er gerade auf dem Teller in der Frittenbude hatte. Das war dann wenigstens mal eine Abwechslung.

Ich hätte natürlich im Restaurant, wenn ich etwas essen ging, sein Bild auf die gegenüberliegende Tischseite hochkant aufstellen können, oder für das Handy eine zweite Kinokarte kaufen können und es neben mich setzen können mit einer aufgerufenen Aufnahme von ihm auf dem heimatlichen Sofa, aber es wäre eben doch nicht ganz genauso gewesen, als wäre er real mit mir essen oder ins Kino gegangen. Und auch bei akuten körperlichen Sehnsuchtsattacken helfen die Fotos visuell zwar eventuell schon einen winzigen Schritt weiter, aber eben nicht zu hundert Prozent.

Wie auch immer, das mit der Pseudopräsenz via Selfies brachte wirklich nur ganz bedingte Erfolge. Dennoch wuchs meine Sammlung seiner Bilder, und ich brachte es einfach nicht fertig, sie zu löschen. Ich hatte Bilder aus dem Auto – das war sehr beliebt, im Vordergrund baumelte dann immer ein Duftbäumchen – aus der Waschstraße, vom Handwerk, natürlich vom Sport, unzählige Bilder vom heimischen Fernsehsitzplatz aus, Selfies aus öffentlichen Waschräumen, aus Wohnwagen, Hotelzimmern, und – was ich tatsächlich nicht hilfreich fand – aus den Familienurlauben. Ich war also quasi mit Reinhard und der Familie in Italien, Spanien und an den schönsten Stränden dieser Erde, bei Sonnenaufgang, bei Sonnenuntergang und unter freiem Sternenhimmel. Wollte ich das? Nein, das wollte ich nicht.

Der ganz große Klassiker unter den Selfies verheirateter Männer ist die Position Sonnenliege am Strand. Man sieht auf dem Bild seine Badehose und die sonnengebräunten Beine und zwischen seinen Füßen, also oberhalb seines Schritts, sieht man auf das strahlend blaue Meer.

Solche Bilder schaffen keine wirkliche Nähe, auch wenn das bestimmt ganz lieb gemeint ist. Oder sie sind einfach nur aus der Bequemlichkeit heraus entstanden, weil es da aber auch gerade so was von herrlich und gemütlich ist, dort am Strand, viertausend Kilometer entfernt.

Im Laufe der Zeit, also etwa nach den ersten zweihundert Bildern, die ich erhalten hatte, veränderte sich mein Nutzerverhalten bezüglich der Aufnahmen. Die Bildmitte, also Reinhard, nahm ich eigentlich nur noch eher nebenbei wahr.

Das Drumherum war immer sehr viel interessanter. Wenn er beispielsweise ein Foto aus dem heimischen Badezimmer schickte, zoomte ich erst einmal, um zu erkennen, welche Pflegeserie seine Gattin im Regal stehen hatte. Kamen Bilder aus dem Wohnzimmer, fixierte ich die Deko, die garantiert seine Frau drapiert hatte.

Fotos aus Hotelzimmern scannte ich dahingehend, ob sie nur ihre Betthälfte gemacht hatte oder seine auch (sie hatte nur ihre Betthälfte gemacht, das war dann natürlich ein echtes Highlight für mich).

Ganz großes Kino waren auch Bilder von Veranstaltungen an Ort A (Wohnort), wo sogar seine Ehefrau gleich noch mit abgelichtet war. Soviel Präsenz hatte ich mir gar nicht gewünscht. Da habe ich mich dann wieder nach den Bildern mit dem Inhalt der Butterbrotdose gesehnt. Die konnte ich deutlich entspannter betrachten. Grenzwertig war es für mich, wenn ich auf den Selfies aus der heimatlichen Villa im Hintergrund Vasen, Kerzenständer oder Handtücher entdeckte, die es in meinem Haushalt ebenfalls gab. Wenn möglich, warf ich diese dann bei mir direkt weg, weil ich ja an Ort A schlecht etwas entsorgen konnte. Und wenn ich an den Fotos erkannte, auf welcher Bettseite des Hotelzimmers er schlief, schwor ich mir, dass diese Bettseite in Zukunft in meinem Schlafzimmer für ihn tabu war.

Aber immerhin hatte ich irgendwann so viele Selfies, dass ich die Sammlung einmal an einem freien Regentag ausgedruckt und laminiert habe. Und wenn am Wochenende meine Freundinnen zum Mädelsabend bei mir vorbeikamen, dann brachte zu fortgeschrittener Stunde und nach erhöhtem Alkoholgenuss meist eine meiner liebsten Freundinnen die Idee auf, ob wir nicht mal wieder das Reinhard-Memory spielen könnten. Und unter ziemlichem Gejohle und mit ein paar nicht ganz jugendfreien Sprüchen gespickt wurden dann die Selfies von Reinhard umgedreht auf den Tisch gelegt und für jedes aufgedeckte Pärchen gab es einen Schnaps. Zwei in etwa gleiche Bilder konnten wir auch nach fünf Schnäpsen noch spielend nacheinander aufdecken. Meine Freundinnen fingen später an, von ihren Prachtexemplaren ebenfalls die Selfies zu laminieren, wobei der Umfang meiner Sammlung von keiner Freundin übertroffen wurde.

Kapitel 5 - Feiertage

Geschenke für die geheime Zweitfrau sind natürlich ein deutlich größeres Wagnis als Geschenke für die seit über 20 Jahren angetraute Ehefrau. Damit erging es Reinhard so wie vielen anderen Männern auch. Er wusste, dass er durch sein Doppelleben auch doppelt so oft die Chance hatte, bei Geschenken für seine Damen total danebenzuliegen.

Reinhards Geschenke für mich sorgten meist für Aufsehen, aber eher nicht für große Begeisterungsstürme. Und seinen Äußerungen – er war sehr redselig, was die Stimmung an Ort A betraf – entnahm ich, dass auch seine Geschenke an die Gattin für reichlich Gesprächsstoff sorgten.

Ganz besonders heikel war natürlich Weihnachten, da bekam er gleich von zwei Seiten die Enttäuschung zu spüren, die seine Geschenke auslösten. Geburtstage fielen glücklicherweise bei der Gattin und mir nicht auf den gleichen Tag, so dass sich die Diskussionen der enttäuschten Ehefrau und Nebenfrau wenigstens auf zwei Termine verteilten. Sein eigener Geburtstag war natürlich herrlich, weil es für ihn da doppelt Geschenke gab. Seine Hochzeitstage dagegen waren schwierig, weil er an diesen mit extrem sensiblen Wahrnehmungen meinerseits rechnen musste.

Aber der Reihe nach: Es gibt ja einen jährlichen Geschenkekreislauf, an dem man sich gut orientieren kann: Der erste besondere Tag im Jahr war sein Geburtstag. Das war natürlich ein angenehmer Tag für ihn. Von der Gattin gab es etwas Neues aus dem Multimediabereich, was dann eigentlich eher für die komplette Familie gedacht war, aber nun gut, da muss man nach über 20 Jahren Ehe einfach mal durch. Von mir gab es immer aufregende Geschenke, die sich oft um das Thema „Wie verpacke ich mich selbst" drehten. Wer jetzt vermutet, dass das preiswerte Geschenke gewesen wären, der irrt gewaltig. Ich habe mir ja nicht nur eine Schleife um die Hüften gebunden. Aber wer sich im Bereich von ansprechenden Dessous für Damen auskennt, weiß, dass der Preis proportional zur Winzigkeit der Stoffmenge steigt. Also viel Stoff kann frau auch schon mal günstig erhaschen, wenig Stoff mit winzigen Schnüren daran ist teuer. Warum das so ist, habe ich bis heute nicht herausgefunden.

Manche „Geburtstagsverpackung" für Reinhard war so winzig und kompliziert, dass ich verzweifelt nach einer Art Gebrauchsanweisung suchte. Wo da eigentlich hinten sein sollte und wo vorne, wo oben oder unten, das erschloss sich mir nicht immer auf den ersten Blick. Wenn ich das Rätsel um die Schleifen, Strippen und winzigen Stoffdreiecke oder Federn gelöst hatte und alles perfekt saß, war es natürlich eine Sensation. Und die Begeisterung, mit der Reinhard sein

„Geschenk" auspackte, war doch jedes Mal eine sehr geteilte und gleichzeitig doppelte Freude für uns. Ich vermute, dass die Geschenke aus dem Multimediabereich eher etwas verhaltenere Reaktionen hervorriefen, obwohl sich ein Mann natürlich auch darüber freuen kann.

Entweder verwöhnte ich Reinhard an seinen Geburtstagen direkt an Ort B, wenn er sich für zwei Stunden davonschleichen konnte, bevor die Gäste an Ort A zum netten Pärchenabend oder zur Party im größeren Kreis eintrafen. Und an den Geburtstagen, an denen er sich nicht zu mir davonschleichen konnte, vollbrachte ich virtuelle Wunder, um ihn trotz der Entfernung zwischen uns dennoch zu überraschen mit Geschichten, Fotos vom Gabentisch, liebevollen Zeilen oder Liedgut, was ich ihm digital zukommen ließ.

In seinen runden Geburtstag feierten wir im Chat rein, weil seine Familie bereits schlafen gegangen war. Und so chatteten wir bis 3 Uhr morgens und ich lag am nächsten Morgen im Büro mit dem Kopf auf der Tastatur, weil ich mich nicht mehr wachhalten konnte. Und auch wenn ich Reinhard ja nie etwas schenken konnte, was er hätte mitnehmen können, so ließ ich mir immer etwas Besonderes für ihn einfallen und zündete Dutzende von Kerzen für ihn an Ort B an und kaufte Blumen für ihn und schickte ihm diese per Foto oder Video zu. Zusammenfassend kann man sagen: Ich begab mich immer sehr in die Rolle der

Verwöhnenden und das bereitete mir jedes Mal große Freude und die Freude war ganz seinerseits. Es waren besondere Momente und Geburtstagsüberraschungen unter erschwerten Bedingungen.

Dann folgte als Nächstes das böse Erwachen, also mein Geburtstag. Gut, Reinhard musste natürlich Geschenke für mich auf einem Rastplatz verpacken, musste sich zuvor überlegen, wann er überhaupt etwas für mich besorgen könnte und wo ein Geschenk für mich zwischenzeitlich zu verstecken wäre. Und ich sehe auch ein, dass das mit einem gewissen Aufwand verbunden gewesen war und auch logistische Fragen aufwarf, aber ich bin der Meinung, das wäre für einen erfolgreichen Geschäftsmann zu bewältigen gewesen, zumal mein Geburtstag selten plötzlich kam, also für mich zumindest.

Für ihn kam mein Geburtstag in der Regel äußerst überraschend. Für ihn war es schon eine Herausforderung, überhaupt daran zu denken, mir zu gratulieren. Das war schwer, denn sein Smartphone erinnerte ihn zwar an den Geburtstag der ihm Angetrauten, aber den Geburtstag seiner Zweitfrau vermerkt man besser nicht in seinem Handy. Und so vergaß er dann auch schon mal gern meinen Geburtstag komplett. Wenn dann doch noch ein Geschenk kam, also im Nachhinein, wurde dieses von Reinhard natürlich mit einem tränenüberströmten Gesicht überreicht. Er kam in solchen Situationen vorsichtshalber bereits weinend durch die Tür, damit ihn der verbale Prügel nicht ganz so schlimm treffen würde.

Bei solchen Gelegenheiten fiel mir wieder ein, dass ich das als Kind auch ab und zu als Taktik eingesetzt hatte: Wenn ernstzunehmende Sanktionen meines Vaters drohten, heulte ich auch direkt schon mal vorab, um die zu befürchtende Strafe abzumildern. Reinhard handhabe es bei vergessenen Geburtstagen genauso. An Ort A schien das Ganze anlässlich der Geburtstage seiner Ehefrau ähnlich abzulaufen, obwohl ihn da doch zumindest das Smartphone ganz sicher erinnert haben musste.

Reinhard hatte bei mir nicht das Problem wie ich bei ihm, dass ich kein Geschenk von ihm hätte mitnehmen können. Ich hätte ganze Wagenladungen an Geschenken von ihm bei mir unterbringen können, was jedoch nie nötig war. Denn seine Geschenke fielen sehr übersichtlich aus. Meist waren es Geschenke, die erst einmal keine oder wenig Investitionen erfordert hatten, also zum Beispiel Hotelgutscheine für uns beide, die keine Hotelgutscheine waren, sondern ein Hotelprospekt, auf den er mit Kugelschreiber das Wort „GUTSCHEIN" geschrieben hatte. So ging er keinerlei finanzielles Risiko ein, sollte ich mir es doch kurzfristig überlegen, dass ich nicht mehr seine Zweitfrau sein wollte, oder, was sicherlich noch ärgerlicher für ihn gewesen wäre, ich diesen Gutschein mit einem anderen Mann, zum Beispiel während er mit der Familie im Urlaub war, verprasst hätte, und die Wanne im Hotel mit Champagner vollgelaufen wäre, aber nicht er, sondern ein anderer Mann dieses Bad mit mir genossen hätte.

Darum kam er sich, glaube ich, clever vor, keinen Gutschein wirklich käuflich zu erwerben. Wenn ich einmal hochrechne, wie viele Gutscheine er im Endeffekt gar nicht mit mir eingelöst hat, ist er über diese Vorgehensweise wahrscheinlich bis heute noch sehr froh.

Mich beschlich außerdem der Eindruck, dass Geschenke für mich einen Höchstbetrag von etwa einhundert Euro nicht überschreiten durften. Das schien Reinhard sich fest vorgenommen zu haben. Warum er diesen Vorsatz hatte, erschloss sich mir erst mit der Zeit. Als „mittellos" hätte man ihn wohl kaum bezeichnet, es sei denn, die Kosten für die drei bis vier Luxusreisen pro Jahr mit der großen Familie zahlte jedes Mal irgendein soziales Amt, was ich aber nicht annehme.

Nein, da steckte etwas anderes dahinter. Ehemänner, die sich eine Zweitfrau gönnen – und davon hatte er in seinem männlichen Freundeskreis offensichtlich einige – hatten stets Sorge, diese Zweitfrau könnte finanziell zu aufwendig werden oder schwanger werden wollen oder mit ihm doch noch mal ein neues Leben anfangen wollen mit allem Drum und Dran, und dann wäre es richtig teuer geworden. Denn jeder betrügende Ehemann weiß, dass eine Scheidung eine echt teure Angelegenheit ist.

Dass ich keinerlei Ambitionen hegte, seine Villa zu übernehmen, seine Wäsche in Zukunft zu waschen oder gemeinsame Kinder mit ihm in die Welt zu setzen, führte dazu, dass er sich bei mir besonders wohl fühlte. In diesen Punkten war er also bei mir ganz entspannt. Es blieb jedoch das Restrisiko, ich könnte zu teuer werden, wie die Zweitfrauen seiner Kumpels. Daher beäugte er sein Budget, was er an Ort B ausgab, mit besonderer Sorgfalt.

In der Praxis führte dies dazu, dass ich für ihn den Kühlschrank füllte, meine Hotelkosten auf unseren gemeinsamen „Fortbildungen" selbst übernahm (seine Kosten zahlte ja die Firma) und er sich gelegentlich bei Ankunft in meiner herrlichen Wohnung ein kleines bisschen ärgerte, wenn er nicht den günstigen Parkplatz ergattert hatte, sondern den, auf dem das Parken pro Stunde 50 Cent mehr kostete. Und um nicht die Kosten und vor allem die Schwierigkeiten eines Strafzettels in meiner Straße und meiner Stadt zu riskieren, sprang er regelmäßig kurz vor Ablauf seiner Parkzeit in seine Hose und sein Hemd, um den nächsten Euro in den Parkautomaten zu werfen. Je nach Länge seines Besuches kam das auch mehrfach pro Abend vor. In Anbetracht der finanziellen Sorgfalt hinsichtlich seiner Ausgaben fielen daher auch seine Geburtstagsgeschenke eher übersichtlich aus.

Aber weiter in der Reihenfolge der besonderen Festtage. Der Nächste war sein Hochzeitstag. An diesem zeigte er sich natürlich immer besonders aufmerksam mir gegenüber, und was er an diesen Tagen von Ort A berichtete, war in etwa so, dass sie an diesem Tag maximal gemeinsam im Supermarkt gewesen wären, um den Wocheneinkauf zu verrichten, und dass es natürlich ansonsten ein ausgesprochen durchschnittlicher Tag gewesen wäre, der gar keiner Erwähnung bedurfte.

Danach kamen kleine Feste wie Nikolaus oder St. Martin. Da bekam ich schon mal eine kleine Süßigkeit und sah dann beim Verabschieden auf seinem Beifahrersitz eine zweite kleine Süßigkeit liegen, also die gleiche, genauso verpackt wie meine kleine Süßigkeit. Als ich ihn einmal auf die zweite hübsch verpackte Süßigkeit auf seinem Beifahrersitz ansprach und mir die Bemerkung herausrutschte, dass seine Gattin sich sicherlich auch darüber freuen würde, wenn er ihr gleich etwas mitbringe, tat er sehr entrüstet. Die zweite Süßigkeit wäre natürlich nicht für seine Frau, sondern für ihn, weil er auf der Rückfahrt bestimmt gleich noch Hunger bekäme. Wie konnte ich seinen großen Appetit nur vergessen!

Vielleicht bekam er auch Mengenrabatt, weil er schließlich in der bemitleidenswerten Situation war, zwei Frauen glücklich machen zu müssen. Ich vermute, Männer sind da untereinander sehr solidarisch. So wie sie sich gern gegenseitig ein Alibi geben, wenn der eine oder andere gerade mal ein paar Tage mit der Zweitfrau verreisen möchte und man offiziell dann gemeinsam auf Männerradtour ist, so geben die Händler in den Geschäften vielleicht auch Rabatte für die armen Ehebrecher.

Zwischendurch waren manchmal kleine Entschuldigungsgeschenke fällig, wenn er sich mal wieder gnadenlos zwischen seinen zwei Leben verzettelt hatte und er ganz dringend gut Wetter bei mir machen musste, damit ich es mir nicht anders überlegte und er bei mir keine Parkscheine mehr gebraucht hätte, weder die für einen Euro noch die für fünfzig Cent. Diese Geschenke waren grundsätzlich aus dem Sale. Meist kam es hinterher sogar heraus.

Einmal war sein Entschuldigungsgeschenk besonders beeindruckend. Er hatte mal wieder bei mir mit vielen Tränen und großer Verzweiflung um Verzeihung gefleht und war dafür sogar außer der Reihe die weite Strecke mal eben schnell gefahren, weil es wirklich nicht gut für ihn aussah. Nachdem ich mein „Ich verstehe ja, wie schwierig es für dich ist" gehaucht hatte, übergab er mir noch eine große Schachtel, die ich erst zu Hause öffnete, weil er das Verzeih-mir-Programm in 30 Minuten managen musste, da wir uns nur für eine kurze Mittagspause hatten verabreden können.

In der großen Schachtel waren Dessous, schwarz, nun gut, das geht ja immer. Sie waren allerdings um schlappe sieben Nummern größer als ich tatsächlich an Konfektionsgröße trage. Als ich Reinhard abends unter Tränen – Lachtränen – darauf hinwies, bat er mich, die Dessous umzutauschen. Es war ihm kein bisschen peinlich. Und was sagte die Verkäuferin, als ich mit dem Zeltschlüpfer in dem Wäschegeschäft vorsprach: „Ich habe Ihrem Mann doch gesagt, dass Sale-Ware nicht umgetauscht werden kann." Danke auch für diesen peinlichen Moment in meinem Leben.

Aber es kam tatsächlich noch deutlich unangenehmer – nämlich an Heiligabend. Wir hatten ja in dieser außerehelichen Beziehung mehrere Weihnachten miteinander, d.h., miteinander ist natürlich zu viel gesagt. Wir feierten Weihnachten einfach immer irgendwann im Dezember vor, wenn es unsere Terminkalender zuließen. Daher war der Christbaum bei mir auch schon mal am 2.12. fertig geschmückt und rieselte bereits am 15.12., weil wir nur am 7.12. gemeinsam feiern konnten.

An einem zeitlich verschobenen Heiligabend schenkte er mir ein kleines silbernes Herzkettchen. Das sah sehr hübsch und glänzend aus und ich freute mich darüber. Doch bereits am nächsten Tag fiel der Anhänger ab, und da ja noch gar nicht wirklich Heiligabend war, hatte Reinhard die super Idee, ich solle noch unbedingt vor Weihnachten zum

Juwelier gehen, um die Kette reparieren zu lassen, damit ich diese an Heiligabend tragen könnte.

Etwas irritiert tat ich dies, obwohl ich vor Weihnachten eigentlich anderes zu tun hatte, als Geschenke für mich reparieren zu lassen, aber nun gut. Ich ging also zum ersten Juwelier, der nur mit dem Kopf schüttelte bei meiner Bitte, die Kette zu reparieren. Auch der zweite Juwelier, dem ich erzählte, die Kette wäre ein Geschenk meines Freundes, aber leider wäre der Anhänger abgefallen, wollte die Kette nicht einmal in die Hand nehmen.

Im dritten Juweliergeschäft war eine reizende Verkäuferin, die mich mitleidig ansah. Sie sagte mit gedämpfter Stimme einen Satz, den ich noch lange im Ohr hatte: „Ich kann Ihnen das Herz wieder dranmontieren, aber ich muss Ihnen sagen, dass die Öse dafür ZWEI Euro kostet!" Ich bekam einen knallroten Kopf, ließ das Herz für zwei Euro wieder dranhängen und flüchtete aus dem Geschäft.

Reinhard hatte mir eine Kette geschenkt, vermutlich von einem Weihnachtsmarkt, die offensichtlich keine zwanzig Euro gekostet hatte. In diesem Fall vermute ich, dass er seiner Gattin nicht ebenfalls die gleiche Kette gekauft hatte. Sie hätte ihm diese wahrscheinlich direkt um die Ohren gehauen, aber vielleicht war ja die zweite in diesem Fall für eines seiner Kinder, vielleicht gab es zwei Ketten für dreißig Euro.

An eine andere schöne Bescherung erinnere ich mich auch noch. Das war das Jahr, in dem ich über Silvester in die Karibik fliegen wollte und Reinhard und ich uns vor Weihnachten trafen, um miteinander zu feiern. Er war leicht nervös, dass ich allein in die Karibik flog, während er das normale Familienprogramm vor sich hatte. Seine Geschenke hatte er auf meine Reise in die Karibik abgestimmt, an sich kein schlechter Gedanke, wie ich fand. Allerdings vermute ich, dass beide Geschenke dazu beitragen sollten, dass ich quasi inkognito dort unterwegs sein sollte.

Er konnte mir zwar schlecht empfehlen, in der Karibik keine Bikinis zu tragen und mich doch lieber in lange Gewänder zu hüllen, aber er hatte eine andere Idee: Zum einen bekam ich eine Plastiktauchermaske, wie Kinder sie tragen, wenn sie Angst vor Wasser haben. Diese geht über das komplette Gesicht. Frau ist also vom Styling her am Strand ruiniert, wenn sie (und nicht ein Kind) solch eine Plastikmaske über das ganze Gesicht zieht. Ich dachte kurz darüber nach, ob das vielleicht sogar meine Figur im Bikini noch unterstreichen könnte, wenn man mein Gesicht gar nicht sehen würde, weil das ja in einer Plastikschale verpackt gewesen wäre wie in einer Umverpackung. Aber auf solch ein Experiment wollte ich es gar nicht erst ankommen lassen. In meinem Koffer war später auch gar kein Platz mehr für das Plastikungetüm.

Und das zweite Geschenk diente interessanterweise auch dazu, mein Gesicht zu verhüllen. Ich wusste gar nicht, dass es dafür so viele Produkte gab, total interessant. Das zweite Geschenk war eine aufblasbare Tonne für das Flugzeug, das ist jetzt kein Scherz. Wer es nicht glaubt, kann es ja mal googeln. Man pustet die Tonne auf, umarmt diese während des Fluges wie man sonst eher Kloschüsseln umarmt, wenn man auf einer Party zu viel durcheinandergetrunken hat, und legt das Gesicht in die Öffnung der Tonne, um dann angeblich zu schlafen wie ein Baby. Dieses Geschenk hätte man nicht mal weiterverschenken können, weil es niemanden gibt, der so etwas haben will, außer Reinhard, der fand das Teil super. Aber ich konnte es ihm ja schlecht zum nächsten Weihnachtsfest zurückschenken. Obwohl …?

Naja, dieses Geschenk fand natürlich auch nicht den Weg in mein Reisegepäck. Wenn ich um den halben Erdball fliege, schlafe ich erstens nicht, sondern unterhalte mich meist mit ausgesprochen spannenden Menschen, die man so auf Reisen kennenlernt, denn dafür reise ich ja, um etwas zu erleben. Und zweitens drücke ich mein Gesicht einfach nicht gern in Plastikschalen oder aufblasbare Tonnen, das ist bei mir einfach so, verrückt, ich weiß.

Danach kam Silvester. Das war einerseits etwas entspannter, weil man sich ja nichts schenken muss und Bleigießen vorzuverlegen auf den 18. Dezember wäre irgendwie wirklich albern gewesen. Silvester hatte jedoch eine andere Brisanz. Ich konnte an Silvester tun und lassen, was ich wollte, z. B. in die Karibik fliegen. Reinhard hatte natürlich einen Abend mit seiner Gattin vor sich. Meist konnten sie sich nicht wirklich gut einigen, was sie an diesem Abend unternehmen wollten, also zumindest, wenn es eine gemeinsame Aktivität werden sollte. Die Interessenlagen waren sehr weit voneinander entfernt, aber in dem Jahr, als ich in die Karibik flog, wurde ich doch etwas hellhörig, als seine Nachricht an mich an Silvester um Mitternacht kam (er konnte mir natürlich nicht genau um Mitternacht schreiben, aber als es in der Karibik Mitternacht war, war es in Europa schon fünf Uhr morgens, während ich barfuß am Strand unter klarem Sternenhimmel mit einer Gruppe etwas anstrengender Kanadier ins neue Jahr feierte. Kanadier feiern offensichtlich gern Silvester in der Karibik und tragen dabei kleine Plastikhütchen auf dem Kopf.) Reinhards Nachricht um Mitternacht an mich fiel auffallend sparsam aus. Es war ein Zweizeiler, den er jeder Tante zweiten Grades gut zum neuen Jahr hätte senden können. Und dieser Zweizeiler war sehr weit entfernt von seinen sonstigen Liebesbekundungen im Chat, die besonders an Silvester doch irgendwie bei mir gut angekommen wären.

Mein weiblicher Instinkt war sensibilisiert und auf meine verschnupfte Nachfrage bei ihm kam es auch am nächsten Tag heraus: Reinhard war mit seiner Angetrauten über Silvester hübsch verreist mit großem Programm und allem

Zipp und Zapp. Das ist ja an sich nichts Besonderes. Das tun Ehepaare schon mal über die Feiertage. Nur vor dem Hintergrund, dass er mir seine Ehe stets als kurz vor dem endgültigen Aus schilderte und dass sie und er sich im Hausflur quasi kaum noch erkennen würden, geschweige denn, in irgendeiner Weise intensiv miteinander reden oder leben würden, war doch so eine Veranstaltung mit Musicalbesuch, schickem Hotel und Candle Light Dinner schon bemerkenswert.

Auf meine Kritik an seinem sparsamen Neujahrszweizeiler reagierte er sichtlich gekränkt. Er hätte sich schließlich solche Mühe gegeben, extra für mich! Auf gut Deutsch: Er hatte sich um fünf Uhr morgens kurz im Hotelbad eingeschlossen, mir einen nichtssagenden Zweizeiler geschickt, die Klospülung abgezogen und hatte sich wieder in das Bett gelegt, neben die Frau, mit der er eine "völlig zerrüttete Ehe" lebte. Das Programm und das schicke Hotel, in dem sie übernachtet hatten, war sicher nur so ein Trost für beide. Nun gut, ich war ja in der Karibik, ich musste mich da nicht ganz so schlimm quälen, aber das fiel mal wieder in die Rubrik seiner Verzettelaktionen zwischen seinen beiden Leben.

So, damit hätten wir den Jahreszyklus der Feiertage und Geschenke durch, ach, doch, eins habe ich noch vergessen: unseren Jahrestag. Zu diesem bekam ich in der Regel eine einzelne Rose, okay, das war, wenn man den Parkschein für unser Treffen an diesem Tag noch hinzurechnete, mit einer Investition von unter zehn Euro verbunden. Was hatte Reinhard doch für ein unverschämtes Glück mit seiner Fee an Ort B.

Kapitel 6 - Liebesschwüre

Reinhard war nicht nur im Sport zu Höchstleistungen fähig, nein, er war auch Lebenskünstler auf höchstem Niveau. Das bringt so ein doppeltes Einsatzgebiet in zwei komplett unterschiedlichen Leben und an zwei weit voneinander entfernten Orten mit sich.

Da auch er sich nun einmal nicht klonen konnte und seine Anwesenheit an Ort A und B gleichermaßen erforderlich war, um keinen der beiden Orte und keine der Frauen aufgeben zu müssen, musste Reinhard sich ständig etwas einfallen lassen.

Dies tat er, und er nutzte dabei alle multimedialen Möglichkeiten der heutigen digitalen Welt. Vor der Erfindung des Smartphones hätte unsere Beziehung wohl einen deutlich kürzeren Zeitrahmen umfasst. Ob es wohl Studien darüber gibt, wie stark der Prozentsatz von nebenehelichen Beziehungen zugenommen hat seit der Erfindung des Smartphones und ob die Nutzung von Smartphones einen Einfluss auf die Länge solcher Beziehungen hat?

Reinhard und ich führten eine ganz besonders intensive Beziehung und diese umfasste zu einem erheblichen Teil der Woche auch einen entsprechend ausgeprägten virtuellen

Austausch zwischen uns. Und Reinhard vollbrachte über Jahre hinweg wirklich immer wieder Kunsttücke, um sowohl an Ort A als auch an Ort B ausreichend Präsenz zu zeigen.

An Ort A sollte die Basisversorgung natürlich gut strukturiert weiterlaufen: Stets ein paar frisch gebügelte Hemden im Schrank, der Papierkram möglichst schon erledigt, die Einladungen für die Pärchenabende gemanagt und wenigstens ab und zu mal, wenn er nach seiner Heimkehr spät am Abend mit knurrendem Magen vor der geöffneten Kühlschranktür stand, wollte er gern mehr als einen winzigen Rest Bratkartoffeln vorfinden. Ich vermute, dass auch seine Ehefrau, wie wohl verständlicherweise die meisten Ehefrauen, nur eine geringe Motivation hatte, den Mann wieder aufzupäppeln, von dem sie hätte vermuten können, dass er die Kalorien gerade bei einer anderen Frau großzügig verbraucht hatte.

An Ort B sollte aber selbstverständlich die Leidenschaft für ihn gleichbleibend lodern, die Bewunderung nicht nachlassen und das Verwöhnprogramm auf Premiumpaketniveau bleiben. Um all das irgendwie am Laufen zu halten, nutzte Reinhard hinreichend unseren gemeinsamen Chat.

Da Reinhard kein Anfänger in Sachen Doppelleben war, wie mir nach einiger Zeit klar wurde, machte er auch selten Anfängerfehler, und so schrieben wir nie in dem Chat, in dem nun wirklich alle sich ständig Nachrichten hin und her schicken und Bilder zusenden und wo auch seine Gattin, die Familie und alle Freunde sich tummelten und man ständig seinen nächtlichen Onlinestatus hätte wahrnehmen können.

Da es genug andere Anbieter auf dem Markt gibt, spielten sich unsere Chats eben auf einer anderen Plattform ab, weit weg von der App, auf der er in seinem offiziellen Leben Nachrichten austauschte. Es gab also auch virtuell einen Ort A (App 1) und einen Ort B (App 2).

Und dort, in unserem Chat, schrieben wir dann zu fast jeder Tageszeit und sehr oft auch abends noch zu später Stunde. In den ersten Monaten unserer Beziehung schrieben wir besonders in den Abendstunden so häufig und lang, dass ich meinen Wecker am nächsten Morgen verfluchte, denn der klingelte trotzdem um sechs Uhr morgens ohne Rücksicht auf unser nächtliches Liebesgeraspel.

Ähnlich wie beim beeindruckenden Vergießen von Tränen wuchs Reinhard auch beim Schreiben emotional über sich hinaus. Das überraschte ihn selbst manchmal, dass er so romantisch und wirklich viel und sinnlich schön schreiben konnte. Ein Mann, den ich nie mit einem Buch in der Hand gesehen hatte, wurde im Chat immer lyrischer, gefühlvoller, sinnlicher, hingebungsvoller und drehte in Schriftform wirklich das ganz große Liebesrad. Im Laufe der Jahre wurde er immer besser darin und wir verbrachten oft

Stunden des Tages mit Hin- und Herschreiben. Wir übertrafen uns dabei wirklich beide gegenseitig. Wir liebten es, über die Liebe und unsere Sehnsüchte zu schreiben.

Er überschlug sich in Liebesschwüren der Superlative. Das war natürlich herrlich für mich. Seine Liebe für mich formulierte er in wundervollen Sätzen. Es war richtig schön, all das immer wieder zur guten Nacht und am frühen Morgen zu lesen und mit seinen Liebesbotschaften den Tag zu beginnen und den Tag mit seiner schriftlichen Liebe zu beenden. Unsere Liebesbotschaften waren wie Luft oder Nahrung. Wir brauchten es beide und konnten uns nicht satt lesen oder satt schreiben.

Wenn er seine Liebe besonders intensiv formulierte und sich dabei selbst übertraf, dann war dies meist ein sicheres Zeichen dafür, dass er sich gerade mal wieder gnadenlos zwischen seinen zwei Leben verzettelt hatte und er seinen Versprechungen und Verpflichtungen an Ort A und an Ort B einfach nicht mehr gleichermaßen nachkommen konnte.

Also wurde bei Bedarf und bei konkurrierenden Zusagen an Ort A und Ort B im Chat noch eine Liebesschippe oben draufgelegt, und seine Formulierungen waren erfüllt von „immer" und „ewig" und dass er mich „niemals aufgeben würde", wirklich das komplette Programm, nach dem sich romantisch veranlagte Frauen sehnen.

Dass der Anstieg seiner Liebesschwüre eine Art Seismograph für den Stresspegel seines Alltags war, das hatte ich zwar nach drei Wochen noch nicht herausgefunden, aber drei Monate hatte es nun auch wieder nicht gedauert, bis mir klar wurde, dass vermehrte Zusendung von Herzchen, Küsschen und Liebesschwüren auf Höchstniveau auch bedeutete – so schön sich das ja auch alles las – dass er entweder mal wieder etwas verbockt hatte und es nur noch wenige Tage dauern konnte, bis ich ihm auf die Schliche kam, oder es war schon passiert und er versuchte zu retten, was zu retten war.

Wie auch immer, mit seinen Herzchen, Küsschen und Sätzen wie „Ich werde dich immer lieben und niemals aufgeben" betrieb er im Chat einen enormen Aufwand. Gut, er sparte in der Zeit die Benzinkosten. Ob er allerdings auch wirklich Zeit damit sparte, da war ich mir manchmal nicht sicher. Besonders, wenn er seine Brille verlegt hatte, dauerte das Formulieren der Liebespassagen auch ganz schön lange. Vielleicht hatte er sich einige Absätze als Textbausteine irgendwo in seinem Handy abgespeichert, aber wenn dem so war, dann hatte er das gut kaschiert und es fiel mir nicht auf.

Und so kam im Laufe dieser Nebenbeziehung eine Menge Liebesraspelholz zusammen. Ich habe mir einmal die Mühe gemacht, sozusagen für mein Poesiealbum, und habe den kompletten Chat gedownloaded und ausgedruckt. Es hat mich einen Drucker gekostet, der hinterher kein einziges Blatt mehr ausdrucken wollte, ein dutzend Druckerpatronen und heraus kamen 3500 Seiten eng bedruckte Zeilen von Reinhard und natürlich meine Antworten, also in Menge sieben Pakete Kopierpapier mit unseren Dialogen und eben tonnenweise Liebesschwüren. Bei der Papiermenge bestätigt sich wieder, dass eine Nebenbeziehung für die Ökobilanz nicht optimal ist, aber das Argument der Hormonbilanz wiegt einfach schwerer. Und wenn er mir diese ganzen Liebesschwüre live in meiner schönen Wohnung auf Knien vorgetragen hätte, wären ja wieder mehr Benzinkosten entstanden.

Ich hätte meine komplette Wohnung, die Wände, die Decken und den Fußboden mit seinen Liebesschwüren dekorieren können und hätte bei jedem Schritt durch meine Räume und bei jedem Blick auf die ausgedruckten Blätter lesen können, wie wundervoll ich war, wie einmalig, wie liebevoll und hinreißend und wie unendlich und tief und ehrlich Reinhards Liebe zu mir war. Herrlich, nicht wahr?

Ich habe mir einmal spaßeshalber vorstellt, ich würde diese 3500 Seiten über meiner Badewanne ausschütteln und alle Herzchen, Küsschen, Herzaugensmileys und Kusssmileys würden dabei in die Wanne purzeln. Ich bin überzeugt davon, die Wanne wäre sofort übergelaufen, wenn ich mich anschließend in dieses Bad von Liebesbekundungen gesetzt hätte.

Natürlich hatte ich auch schwache Momente, in denen ich wahrhaftig geneigt war, seine Liebesbekundungen eins zu eins zu nehmen und an seine niemals endende Liebe und Treue zu glauben, denn die Verlockung ist ja immens, je größer die Liebesraspelmenge ist. In solchen Momenten half nur noch eins, um gegen den bei mir einsetzenden Liebestaumel anzukommen: Ich setzte mich an den Küchentisch, trank einen Entspannungstee und wiederholte laut zwanzigmal ein Zitat von Goethe: „Verändert sich nicht alles in der Welt? Warum sollten unsere Leidenschaften bleiben?" Danach legte ich mich in die Wanne und stellte mir vor, in diesen ganzen Herzen zu baden, die er mir geschickt hatte. Und dann genoss ich einfach seine Sätze, die er mir im Chat geschrieben hatte wie eine Schachtel Buttertrüffel, die zwar vergänglich sind, aber doch zuckersüß: „Du wirst für immer in meinem Herzen sein. Niemals hätte ich für möglich gehalten, so eine große Liebe wie diese mit dir zu finden. Ich werde dich immer lieben."

Hach, schön oder? Frau kann diesen literarischen Genuss natürlich auch direkt mit einer XXL-Schachtel Buttertrüffel kombinieren. Danach empfiehlt sich allerdings der Verzehr einer scharfen Salami.

Kapitel 7 - Fortbildungen

Seine Besuche bei mir am entspannten Ort B waren im Grunde genommen stets Miniurlaube vom Alltag. Diese Miniurlaube gönnte er sich mehrfach pro Woche, je nachdem, was an Ort A so los war und wie es sich mit der Arbeit verhielt. Und neben all den Herrlichkeiten, die er in meiner Wohnung genießen konnte, gingen wir bummeln, essen, schwimmen, tanzen und erlebten die verrücktesten Dinge miteinander. Mit frischer Energie fuhr er dann in den Ort A zurück.

Die einzige Zwangspause von mehreren Wochen, die uns einmal beschert wurde, hatte er selbst verbockt durch einen Führerscheinentzug nach zu schnellem Fahren. Er war an einem schönen Sommertag viel zu lang bei mir geblieben, weil wir die Zeit um uns herum wieder einmal vergessen wollten, und er hatte daher auf dem Rückweg ordentlich auf das Gaspedal gedrückt, und schon gab es ein ausgesprochen teures Foto für ihn. Selfies aus Autos bekam ich ja sehr häufig von ihm, aber dieses Bild wurde direkt der Polizei übermittelt und nicht mir.

Damit war der Lappen für einige Wochen weg, und so führte dies, was für andere Paare kein wirkliches Problem dargestellt hätte, in unserer Situation dazu, dass wir uns in diesen Wochen tatsächlich nicht sehen konnten, denn mit der Bimmelbahn hätte er schlecht zu mir kommen können und ich konnte ja auch nicht mal bei ihm reinschauen. Und mit dem Rad wäre es auch für einen sportlich durchtrainierten Mann äußerst schwierig geworden, diese Distanz zu überwinden, an Ort B dennoch zu Höchstform aufzulaufen, mit dem Rad zum Ort A zurückzustrampeln, um abends wieder auf dem heimischen Sofa zu sitzen.

Erst ärgerte ich mich über sein zu schnelles Fahren, aber dann hatte ich endlich einmal wieder mehr Gelegenheit für viele andere Unternehmungen, Hobbys und Freunde, für die ich durch die intensive Beziehung zu Reinhard nur selten Zeit fand. Unser Kontakt spielte sich nun noch intensiver im Chat und am Telefon ab. Es gab keinen Morgen oder Abend, wo wir uns nicht schrieben, und wir hielten unseren Austausch im Alltag per Chat ständig aufrecht. Doch direkt nach der Rückgabe des Führerscheins gab es zum Ausgleich dafür Gelegenheit zu einer unserer Reisen. Und so konnten wir ein paar herrliche Tage und Nächte an einem See verbringen.

Überhaupt war ich erstaunt, wo auf der Welt man überall sogenannte „Fortbildungen" besuchen kann. Reinhard schwänzte in der Regel bei diesen Veranstaltungen zwei von drei Vorträgen, um die Zeit mit mir zu verbringen, und die freie Zeit, die ich zusätzlich für mich hatte, verbrachte ich in Wellnessoasen oder beim Joggen, Wandern oder Schwimmen. Das ließ sich durchaus aushalten.

Und so aufregend es noch bei unserer ersten Reise war, so sehr wurde es im Laufe der Jahre fast zur Normalität, dass wir regelmäßig gemeinsam in einem Flieger saßen und meist sogar die Plätze nebeneinander hatten. Wir buchten die Flüge meist genau im gleichen Moment, sodass wir in einer Reihe die Plätze auswählen konnten. Dass er freiwillig Mittelplätze buchte, weil ich ja gern am Fenster oder am Gang saß, fiel offensichtlich an Ort A niemandem auf. Ich wurde zur Expertin im Dazubuchen von Hotelzimmern, in denen in der Regel nie jemand übernachtete.

Vor unserer ersten gemeinsamen Fortbildung hatte ich mir das Ganze in etwa so vorgestellt, dass ich die Tage für mich allein verbringen würde, mir zum Beispiel einen Einkaufsbummel gönnen könnte oder gemütlich lesen oder Sport treiben würde, und abends würde Reinhard sich nach seinem Programm mit den Kursteilnehmern in mein Zimmer schleichen.

Die Realität sah jedoch ganz anders aus. Zum einen besuchte Reinhard die eigentlichen Veranstaltungen nur sehr sporadisch und zu allen übrigen Programmpunkten wie gemeinsame Abendessen oder Hüttengaudi nahm er mich einfach mit und stellte mich dort überall ganz offen als seine Begleitung vor. Und dass ich nicht seine Cousine war, dürfte jedem in der Runde in den ersten fünf Minuten klar gewesen sein.

Das fiel wohl unter die Rubrik „Frechheit siegt". Die Tatsache, dass er sehr entspannt und Arm in Arm mit seiner Zweitfrau zum Frühstück und Abendessen erschien, ließ offensichtlich niemanden zu der Annahme kommen, dass es da zusätzlich noch eine Ehefrau gab.

Ich machte mir deutlich mehr Gedanken darüber, dass jemand aus der lustigen Runde vielleicht doch einmal mit seiner Familie oder der Firma in Kontakt hätte kommen können, denn ich wollte Reinhard ja nicht dauerhaft übernehmen, wie gesagt, schon wegen der müffelnden Sportausrüstung nicht. Aber auch insgesamt nicht, denn ich fand mein Leben rundherum gut, so wie es war, und bei der Vorstellung, mit Reinhard samstags im Supermarkt gemeinsam an der Kasse anzustehen, sah ich jede erotische Fantasie, die ich mit ihm hatte, in höchstem Maße bedroht.

Daher wäre mir etwas mehr Zurückhaltung auf unseren Reisen lieber gewesen, aber das kam für ihn überhaupt nicht in Frage. In der Öffentlichkeit, auf den Reisen und an Ort B zeigte er sich immer ausgesprochen, sagen wir mal, „zugewandt", selbst dann, wenn wir in Restaurants oder Veranstaltungen saßen, in denen theoretisch Bekannte hätten sein können.

Irgendwann gewöhnte ich mich daran, dass er so offen damit umging, und dachte, dass er das Risiko ja kannte und selbst einschätzen musste. Aber ich machte ihm auch unmissverständlich klar, dass – falls der Gattin doch einmal die

Hutschnur reißen würde, er abends seine Klamotten weit verstreut auf der Auffahrt zu seinem Anwesen vorfinden würde und sein Haustürschlüssel nicht mehr ins Schloss passen würde – er zwar gerne zum Trösten bei mir vorbeikommen könnte, aber dass an einen Einzug in meine Wohnung auch nicht ansatzweise zu denken war.

Ein Mann, der mit Hundewelpenblick und tränenüberströmt mit Kulturbeutel unter dem Arm auf meiner Matte steht – und das nur, weil er bei einer anderen Frau gerade rausgeflogen ist – kommt ja überhaupt nicht für ein Anrecht auf längere Aufnahme infrage. Er hätte gern alle zwei Stunden einen neuen Parkschein ziehen können, um noch ein wenig an Ort B zu verweilen, aber ein Dauerparkplatz kam auf keinen Fall in Betracht. Und das vermittelte ich ihm deutlich.

Auf unseren ersten Reisen an wunderschöne Orte dieser Erde beunruhigte mich seine leichtsinnige Art zwar, aber irgendwie fand ich sie auch hinreißend, betrachtete das Ganze durch die rosarot verklärte Liebesbrille und dachte tatsächlich anfangs, er sei so sehr im Liebesrausch mit mir, dass ihm alles andere egal war und er vielleicht erleichtert darüber gewesen wäre, sein anstrengendes Doppelleben zu beenden, um fortan auch in offizielle Urlaube mit mir fliegen zu können (aber sicher wäre er nicht sehr erfreut gewesen, wenn er seine Klamotten von der Einfahrt hätte aufsammeln müssen, um mit diesen und seinen fünf Surfbrettern in ein winziges Appartement zu ziehen).

Diese romantisch verklärte Sicht teilten alle meine Freundinnen und alle fanden es süß und romantisch, dass er auf den Fortbildungen die Vorträge schwänzte und stattdessen knutschend mit mir in der Hotellobby vor dem Kamin saß und mir sein ganzes Leben erzählte.

Später, also einige Reisen später, wurde mir klar, dass es wohl eher nicht nur die Liebe war, die ihn in solchen Situationen derartig übermannte, dass er alles andere um sich vergaß. Es war mehr dieser ultimative Kick für ihn, nicht aus der Kurve zu fliegen wie ein Rennfahrer, der an einer bestimmten Stelle der Rennstrecke genau weiß, dass es dort äußerst gefährlich ist, und er dennoch genau auf diesem Stück beschleunigt, um siegreich und sich unsterblich fühlend ins Ziel zu rasen.

So schien sich Reinhard zu fühlen: selbstbewusst, diesen Kitzel auslebend und immer auf der Überholspur. Er schien daran zu glauben, dass er alles im Griff hatte und er auch mit seinem Zweitleben nicht aus der Kurve fliegen würde und dass es im Leben für ihn ganz einfach war, sich zu nehmen, was er haben wollte. Nichts und niemand konnte ihn aufhalten. Und als wir einmal aus unterschiedlichen Richtungen zu unserem Hotel anreisten, und er auf einem Flughafen mit Bombendrohung festsaß und ich stundenlang in einem ICE, dem ein Unglück vorausgegangen war, rief er mich an und sagte einen Satz, den er gern und oft wiederholte: „Uns wird nie etwas auseinanderbringen." Er sprach eben gern in Superlativen.

Und darum hielt er es wohl auch nicht für nötig, besonders vorsichtig zu sein. Im Sport sind auch nicht die vorsichtigen Typen die erfolgreichen, sondern die Draufgänger, die, die etwas riskieren. Und so verhielt sich Reinhard auch auf unseren Reisen. Ob der Satz „Frechheit siegt" am Ende des Tages stimmt? Auf ihn traf es auf jeden Fall bei einem guten Dutzend Reisen mit mir zu, und wir hatten viel von der Welt gemeinsam gesehen.

Allerdings schaffte es Reinhard auch beim Thema Urlaub immer mal wieder, dass er Tränen und Liebesschwüre aller Art einsetzen musste, denn wegen etlicher Reisen verzettelte er sich gnadenlos zwischen seinen beiden Leben. Die Liste der Beispiele wäre hier lang.

Er verwechselte zum Beispiel ständig die Reisetermine. Und so ging ich von Skireisen seiner Familie im Februar aus, die aber in Wirklichkeit im März stattfanden. Oder ich buchte für mich Hotelzimmer und Zugtickets, um ihn von irgendwelchen Flughäfen abzuholen, damit wir seine gemeinsame Rückkehr von wo auch immer feiern konnten, und er stellte einen Tag vorher fest, dass er erst einen Tag später zurückkehren würde, weil er auf seinem Ticket die Plus-Eins für eine Ankunft am nächsten Tag übersehen hatte.

Oder wir wollten zu einem Open Air-Konzert gehen und Reinhard hatte eine Reise auf einen anderen Kontinent bei der Planung verschwitzt. In solche Situationen schlidderte er zielsicher hinein. Am Ende stand er dann wieder weinend mit Dessous aus dem Sale vor meiner Tür, und wenn ich Glück hatte, stimmte wenigstens die Größe.

Einmal war es mal wieder mein weiblicher Instinkt, der mir sagte, dass da an Ort A etwas vor sich ging, was Reinhard gern unter den Tisch fallen lassen wollte. Es war kurz vor den Ferien und es war klar, dass er mit der Familie verreisen würde. Sie fuhren oder flogen immer an attraktive Orte für Sport und Spaß.

Nur dieses Mal erzählte er mir bis zur Abreise gar nicht, wohin es denn eigentlich gehen würde. Das war schon etwas ungewöhnlich, denn in der Regel waren Urlaube mit seiner großen Familie doch weit im Voraus geplant. Als Reinhard dann bereits auf dem Weg in diesen Urlaub war, fragte ich doch einmal im Chat höflich nach, wohin er denn nun gerade mit der Gattin und den Kindern reisen würde. Nach seiner Antwort war mir klar, warum er das Thema gerne ausgespart hätte: Sie fuhren tatsächlich an denselben kleinen Ort, an dem Reinhard fünf Wochen zuvor eine Liebeswoche mit mir verbracht hatte.

Dass ich dies untertrieben formuliert überraschend fand, begriff er überhaupt nicht. Die Geschichte, die er mir dann auftischte, warum man denn nun genau an diesen winzig kleinen Ort fahren musste, an dem wir gerade gemeinsam gewesen waren, war so haarsträubend, dass ich sie nicht einmal mehr wiedergeben kann. Ich vermute, die schlichte Erklärung aus männlicher Sicht, die er natürlich schlecht formulieren konnte, war: Da ist es schön, da kennt er sich aus, und wieso soll er da denn nicht mit der Gattin hinfahren, bloß, weil er da gerade erst mit seiner Nebenfrau war? Es war ja schließlich nicht mal zeitgleich!

Und wahrscheinlich hat ihm der Kellner in dem einzig schönen Restaurant im Ort beim Bestellen seiner Pizza noch zugezwinkert, weil er fünf Wochen vorher dort mit einer Blondine die ganze Woche jeden Abend aus einem gemeinsamen Dessertschälchen genascht hatte und man sich um die Köstlichkeiten gekabbelt hatte, die auf einem gemeinsamen Teller serviert worden waren, und er nun mit einer Rothaarigen an demselben Tisch saß und sie mit einem guten Wein anstießen. La Dolce Vita vom Feinsten!

Kapitel 8 - Kuchenschlacht

La Dolce Vita" – das süße Leben – das war es, was Reinhard und mich zusammenhielt, denn sinnliche Freuden standen nicht nur sehr häufig auf unserer Wunschliste, wir harmonierten in dieser Hinsicht wie eine Süßspeise mit einem Espresso. Mit anderen Worten: Die erotische Seite unserer Begegnungen war jahrelang in erster Linie eins – einfach himmlisch!

Die Emotionalität und Freude, die wir zusammen in unseren Stunden der Zweisamkeit versprühten, waren für uns beide gleichermaßen hinreißend und aufregend. Unsere überschäumende Leidenschaft war das, was unsere Bindung so stark und intensiv sein ließ.

Eine weitere Leidenschaft teilten wir beide zusätzlich gleichermaßen: Wir liebten Schokolade, Kuchen und Süßigkeiten aller Art. Und so sah der „Proviant", den wir mit in mein Schlafzimmer oder ab und zu in ein Hotelzimmer schleppten, manchmal eher nach der Bewirtung für einen Kindergeburtstag aus, und wir hatten riesig Spaß daran, mein Bett nicht nur für die Liebe, sondern auch für ein Picknick zu nutzen, Krümel inklusive.

Wir schaufelten im Bett die Kalorien sehr freudvoll in uns hinein und hatten großen Spaß bei solchen Gelegenheiten. Wir zelebrierten die süßen Seiten des Lebens mit viel Fantasie und

Ausgelassenheit. Wir matschten mit süßen Soßen, Himbeeren und Pralinen herum, wie Kleinkinder, die sich das erste Mal mit Fingerfarbe von oben bis unten beschmieren dürfen.

Zweimal wäre ich fast im Schlafzimmer neben Reinhard verstorben. Todesursache wäre in beiden Situationen Tod durch Ersticken gewesen, weil ich in beiden Fällen einen derartigen Lachflash bekam, dass ich einfach den Punkt nicht mehr fand, regelmäßig und wiederholt ein- und auszuatmen. Ich lachte und lachte und lachte, und mir liefen die Tränen herunter. Das waren Situationen, die ich mein Leben lang nicht vergessen werde.

Die erste Situation war eine Kuchenschlachtaktion. Wir hatten uns für diesen Anlass mehrere Kuchenstücke beim Bäcker gekauft, die mit Schokolade überzogen waren. Diese drapierte Reinhard, nachdem ich mich gemütlich auf dem Bauch in mein Bett gelegt hatte, auf meinem Rücken. Das war sozusagen der Beginn der fröhlich sinnlichen Versuchsanordnung.

Kurz darauf bildeten wir gemeinsam quasi einen Hotdog mit Tortenfüllung. Wir hatten einen Heidenspaß daran, wie extrem klebrig und geräuschvoll die Kuchenstücke zwischen uns zerschellten und sich die Kuchenkonsistenz verselbständigte. In diesem Moment war nicht der erotische Aspekt entscheidend, es war einfach eine herrliche Sauerei für uns beide. Wir liebten solche kleinen Verrücktheiten.

Genau in dem Moment, als die Konsistenz des Kuchens wirkte wie ein extrem gut abdichtendes Silikon zwischen zwei Fliesen, klingelte Reinhards Handy. Normalerweise ging er nie ans Telefon, wenn er bei mir war. Meist lagen unsere beiden Handys schön artig gemeinsam nebeneinander auf dem Küchentisch und wir überließen die Welt da draußen sich selbst.

Aber an diesem Tag erwartete Reinhard einen wichtigen Anruf aus der Firma, den er zwingend annehmen musste. Das Handy vibrierte. Also sprang Reinhard mitten in unserer Kuchen-Ferkelei aus dem Bett, stand nackt daneben, die linke Hand in die Hüfte gestützt, die rechte Hand mit dem Smartphone am Ohr und telefonierte mit seinem Kollegen über einen dringenden Auftrag und versuchte dabei verzweifelt, seine Fassung zu bewahren, sich auf seine Antworten zu konzentrieren und nicht vor Lachen zu platzen.

Mir wiederum bot sich ein wie immer sehr erfreulicher Anblick, wie Reinhard da so stand. Aber er war eben auch von der Brust bis zu den Lenden gnadenlos mit Schokolade, Sahne und Früchten verschmiert. Er redete mit seinem Kollegen und mein Lachanfall wurde zur Hysterie. Ich brüllte mein Lachen in die Kissen, damit der Kollege nichts mitbekam, aber sobald ich wieder hochschaute zu diesem Schlachtfeld, das langsam an Reinhard heruntertropfte, und sobald sich die eine oder andere Frucht von seinem durchtrainierten Körper löste und abstürzte, ging der Lachkrampf wieder los. Ich konnte mein Lachen in keiner Weise mehr kontrollieren.

Außerdem lag ich selbst wie gefangen in meinem Bett, denn auf meinem Rücken klebte ebenfalls eine erhebliche Menge Kuchenschlachtmaterial, so dass ich nicht wagte, aufzustehen. Und so lag ich da, lachkrampfgeschüttelt, in die Kissen wiehernd und ausnahmsweise mal selbst tränenüberströmt, während Reinhard tapfer noch zwei, drei Termine und Lieferungen mit seinem Kollegen vereinbarte, bis er endlich das Gespräch beendete und uns erlöste. Dass er das Telefonat unfallfrei über die Bühne brachte, beeindruckte mich mehr als jede sportliche Leistung, die er je in seinem Leben gemeistert hatte. Kuchen, Zucker und Schokolade waren mittlerweile so in seinem Brusthaar verklebt, dass wir mit den Nacharbeiten zu unserer Aktion noch eine Weile beschäftigt waren.

Für diese Momente im Leben waren wir gemeinsam wie geschaffen. Wenn wir in meiner Wohnung waren, dann vergaßen wir tatsächlich alles um uns herum. Wir lachten und liebten uns und hatten unzählige Glücksmomente, wie man sie eben nur erleben kann, wenn es zwischen zwei Menschen eine ganz besondere Anziehung gibt. Und was ich an Reinhard in solchen Momenten besonders mochte, war, dass er über sich selbst lachen konnte und dass er das Leben oft nicht so ernst nahm.

Und diese Auszeiten ließen mich lange Zeit gnädig sein und das gesamte Chaos, was Reinhard regelmäßig drum herum auch in meinem Leben verursachte, mit Nachsicht betrachten. Der Begriff „Auszeit" traf in erster Linie auf ihn zu, denn niemand wusste von seinem intensiven Doppelleben. Für ihn spielte sich all dies in einer Parallelwelt ab.

Ich selbst erlebte keine Trennung zwischen zwei Leben. Reinhard gehörte einfach mit in mein Leben. Ich verheimlichte ihn nicht und auch nicht, was mir wichtig war im Leben. Es gab Zeiten in der Woche, in denen er da war, und Zeiten, in denen er nicht da war, und in den Zeiten, in denen er an Ort A war, half der Chat uns wie ein virtuelles Händchenhalten, unsere Nähe nicht zu verlieren. Ich entwickelte mit der Zeit sehr feine Antennen für seine Formulierungen im Chat. Und besonders deutlich waren für mich die Zeilen, die Reinhard nicht schrieb. Seine Versuche, mir etwas vorzumachen, was sein Leben an Ort A betraf, scheiterten meist. Ich habe es ihn bloß nicht immer wissen lassen.

Die zweite Situation, in der ich Reinhard einen lebensbedrohlichen Lachflash zu verdanken hatte, spielte sich eines Nachts zwischen zwei Uhr und vier Uhr ab – so lange dauerte es, bis ich mich einigermaßen wieder unter Kontrolle hatte. Es war eine der seltenen Nächte, die wir gemeinsam in meiner Wohnung verbringen konnten. Wir waren lange unterwegs gewesen, bummeln, etwas essen und trinken und wir mussten einfach mal nicht auf die Uhr schauen, was für uns kostbar und besonders schön war.

Und der Parkplatz, den Reinhard glücklicherweise an diesem Tag ergattern konnte, erforderte es ausnahmsweise nicht, dass er alle zwei Stunden in seine Kleidung springen musste, um einen neuen Parkschein zu lösen. Es war ein Parkplatz für vierundzwanzig Stunden und Reinhard hatte mal wieder sein „Sale-Syndrom" und freute sich über den Schnäppchenpreis für sein Langzeitparken.

Spät abends kamen wir von unserem Restaurantbesuch zurück in die Wohnung und freuten uns sehr auf die gemeinsame Nacht. Denn eine Nacht miteinander zu verbringen war für uns oft ersehnt, doch nur selten möglich und immer etwas ganz Besonderes. Reinhard ließ seinen Liebesschwüren die damit korrespondierenden Taten folgen, und wie so oft war es diese ganz besondere Leidenschaft, die uns glücklich machte. Im allerallerschönsten Liebesspiel fing Reinhard an, den Satz zu formulieren, wie wundervoll es mit mir wäre. Das war es auch mit ihm, wundervoll, nur hatte er das zweite L von „wundervoll" noch nicht ganz zu Ende gesprochen, da setzte bei ihm ein für mich völlig ungeplanter Sekundenschlaf ein.

Ich konnte es zunächst nicht fassen, mitten im Liebessturm, und er schlief plötzlich wie ein Stein, und das tatsächlich von einer Sekunde auf die andere. Gut, er atmete regelmäßig, also war er nicht tot. Das war schon mal beruhigend. Und ich war sehr froh, dass wir nicht gerade im Auto saßen und mitten auf der Autobahn fuhren, als ihn dieser Sekundenschlaf übermannte. Ich hatte auch Verständnis dafür, dass er einfach schlagartig müde wurde, denn ich war immer erstaunt, dass er mit so extrem wenig Schlaf in seinem Leben auskam. In diesem Moment hatte einfach mal sein Schlafbedürfnis gesiegt. Das kann ja vorkommen.

Also verharrte ich in meiner nicht wirklich zum Schlaf geeigneten Position und dachte: „Nun gut, lass den Mann einfach mal kurz ein Nickerchen halten" und ich versucht, keine Krämpfe zu bekommen und mich nicht zu rühren, um ihn nicht zu wecken. Wach wurde er dann auch nicht durch mich, sondern dadurch, dass auch das letzte Körperteil von ihm, was verzweifelt versucht hatte, die Stellung zu halten, schlussendlich auch in den Schlafmodus ging, als keiner von uns mehr mitmachte, und es sich auch zur Ruhe legte. Und das wiederum weckte ihn, also den restlichen Reinhard.

Da war bei mir wirklich alles zu spät. Ich lachte und lachte und wurde ganz hysterisch vor Lachen, ich krümmte mich vor Lachen, ich rannte ins Bad vor Lachen, ich fiel lachend wieder ins Bett zurück und lachte und lachte ohne ein absehbares Ende meiner Lachsalven. Reinhard wusste genau, dass ich ihn nicht auslachte, sondern dass es diese Situationskomik war, wie sie nur das Leben schreiben kann, die mich derartig amüsierte, und deswegen lachte er einfach mit. Wir lachten gemeinsam und wir waren so glücklich, wirklich glücklich … und meine Nachbarn waren in dieser Nacht wahrscheinlich auch sehr glücklich, als wir nach zwei Stunden endlich Ruhe gaben.

Und noch Monate später, wenn wir wieder auf diese Nacht zu sprechen kamen, lachte ich ganze Sprachnachrichten an Reinhard minutenlang durch. Ich habe mir diese Sprachnachrichten alle aufgehoben, denn man kann hören, wie glücklich ich in diesen Momenten war.

Wirkliches Glück gibt es eben in ganz winzigen Momenten und völlig unerwartet und eben nicht über Jahre oder Jahrzehnte am Stück. Glück ist kein Status. Glück ist ein Geschenk in ganz wundervollen kleinen Situationen. Und diese Momente, wie ich sie mit Reinhard in großer Fülle erlebt habe, legte ich gedanklich mit in die hübsche Schachtel, in der ich all seine Parkscheine sammelte, und ich band eine Schleife drum herum und ab und zu ist es sehr schön, den Deckel dieser Schachtel anzuheben und diesen glücklichen Momenten nachzuspüren.

Kapitel 9 - Gulasch

Wenn ich eines nicht kann, dann ist es Kochen. Und mich interessiert auch alles rund um das Thema Kochen wie Rezepte aussuchen, Zutaten einkaufen, Vorbereitungen in der Küche und all das wirklich nicht im Geringsten. Ich nutze meine Küche, um Wein und Bier gut zu kühlen, mir einen Espresso im Stehen zu genehmigen, Tee aufzugießen und ein Butterbrot zu schmieren. Das war es dann aber auch schon. Ich sehe den Sinn für mich auch nicht darin, stundenlang etwas zuzubereiten, was man dann in wenigen Minuten verzehrt hat.

Somit zählen die Betreiber der umliegenden Imbissbuden quasi zu meinem Freundeskreis, denn ich sehe sie deutlich häufiger als meine richtigen Freunde. Ich versuche, mein Geld gerecht zwischen ihnen aufzuteilen und gehe mal Currywurst essen, mal in eine kleine Salatbar, dann wieder in die Dönerbude, um am nächsten Tag bei meinem Lieblingsitaliener reinzurauschen, weil er definitiv die beste Pizza anbietet, die es im ganzen Viertel gibt. Ich bin also kulinarisch rundherum glücklich, und an meinem Küchentisch sitzend kümmere ich mich eher um meine digitale Post als um das Schneiden von Gemüse.

Und dennoch hatte ich irgendwann vor dem letzten vorgefeierten Weihnachtsfest mit Reinhard den Einfall, für ihn zu diesem Anlass zu kochen, und ich wusste auch schon, was: Gulasch, denn davon schwärmte er eines Tages. Ich glaube, er verband Gulasch mit schönen Erinnerungen an seine Kindheit. Und da dachte ich, es wäre eine gute Idee, als Geschenk für ihn Gulasch zu kochen, weil er ja, wie immer, keine Geschenke von mir mitnehmen konnte. Prickelnde Umverpackungen für mich selbst in Form von hübschen Dessous – für Weihnachten hielt ich Rot immer für die passende Farbe – besorgte ich natürlich auch.

Als ich meiner Freundin von dem Plan erzählte, für Reinhard zu Weihnachten kochen zu wollen, fielen dieser fast die Augen aus dem Kopf. „Du? Du willst kochen? Für Reinhard kochen?" Sie riet mir dringend ab und meinte, das wäre der Anfang vom Ende, wenn die Zweitfrau anfängt zu kochen. Sie hatte recht, aber das wurde mir erst später klar. Ich lachte in diesem Moment nur und fing an, nach dem schlichtesten Rezept für Gulasch im Internet zu suchen, eins mit dem Hinweis „Gelingt garantiert".

Für mich als Nichtköchin war Gulasch ein Fleischgericht. Was mir im Vorfeld nicht klar war, war, dass Gulasch auch auf Basis einer großen Menge Zwiebeln gekocht wird, und wenn ich eines nicht leiden kann, dann sind das Zwiebeln. Aber da musste ich jetzt durch. Und da ich ja wie gesagt ansonsten nie kochte, musste ich auch noch einen

Probekochtag für das Gulasch einplanen (Heißt es eigentlich DAS Gulasch oder DER Gulasch? Es hört sich beides irgendwie komisch an). Das Gericht einfach am Tag unserer Weihnachtsfeier mal eben schnell hinzuzaubern, hätte ich nie gewagt.

Also roch es schon am Probekochtag und in den Tagen danach in meiner Wohnung nach Zwiebeln, egal, wie lange ich lüftete. Es war fürchterlich für mich, denn als sinnlicher Mensch reagiere ich auf manche Düfte extrem positiv. Reinhard roch wie gesagt immer himmlisch für mich. Unter Gerüchen, die ich nicht mag, leide ich dafür doppelt. Zwiebelgeruch gehört in diese Rubrik.

Das Probekochen gelang dennoch gut, das Essen schmeckte, Spaß machte mir die Zubereitung jedoch überhaupt keinen. Aber wenn ich mir einmal etwas in den Kopf gesetzt habe, dann setze ich das in den allermeisten Fällen auch in die Tat um. In meinen Gedanken tauchte jedoch immer wieder der Satz meiner Freundin auf, dass eine Nebenfrau nicht für ihren Liebsten kochen sollte. Dieser Satz arbeitete in mir und mich beschlich ebenfalls der Gedanke, dass das ein Signal in die falsche Richtung sein könnte.

Ich wollte niemals meinen Alltag mit Reinhard leben. Ich wollte nicht seine Socken vom Boden aufsammeln, für ihn Wäsche waschen und auch nicht seine Hemden bügeln. Ich wollte nicht händchenhaltend mit ihm alt werden und dann gemeinsam auf einer Parkbank mit ihm sitzen und Enten füttern. Und ich wollte wirklich auf gar keinen Fall gemeinsam mit ihm Aufschnitt an der Fleischtheke aussuchen. All diese Alltagsrituale wären der gemeinsamen erotischen Basis überhaupt nicht zuträglich gewesen, und wenn ich zwischen Erotik und Alltag mit Reinhard hätte wählen müssen, dann wäre für mich völlig klar gewesen, wofür ich mich entschieden hätte: natürlich für die sinnlichen Freuden des Lebens. Das mit dem Einkaufen bekomme ich auch ganz gut ohne Begleitung hin. Aber irgendwie wollte ich etwas besonders Liebevolles für Reinhard an Weihnachten tun, und dass es nichts gab, wozu ich mich mehr überwinden musste, als das Kochen, das wusste auch er.

Das mit den reizenden Umverpackungen von mir hatte an Effekt langsam etwas nachgelassen. Wir waren einfach schon ziemlich lange ein Paar, für eine Nebenbeziehung dieser Intensität war es wirklich sehr viel Zeit, die Reinhard und ich bereits miteinander verbracht hatten. In meiner Schachtel für seine Parkscheine lagen mittlerweile hunderter kleiner Zettel, die zum Parken für zwei Stunden berechtigten. Hätte ich diese Stunden einmal zusammengerechnet, so wäre wahrscheinlich eine beeindruckende Zeitmenge dabei herausgekommen.

Meine Schublade mit den unterschiedlichsten Dessous war mittlerweile so voll, dass ich sie nur noch mit Mühe auf- und zuschieben konnte. Und jedes kleine Stoffstückchen in dieser Schublade stand für Erlebnisse, hinreißende Erlebnisse, die wir miteinander gehabt hatten. Aber selbst wenn ich noch eine weitere Schublade hätte füllen wollen mit Schleifen, Bändchen, Spitze und Federn: So eine außergewöhnlich schöne Zeit, wie Reinhard und ich sie gehabt hatten, lässt sich nicht bis in die Unendlichkeit fortsetzen, ohne dass der Glanz langsam bröckelt und ohne dass auch bei einer geheimen Nebenbeziehung so etwas wie Alltag Einzug hält.

Gulasch war vielleicht wirklich der Anfang vom Ende. Darüber dachte ich nach, als ich mit zugehaltener Nase und in einem eleganten schwarzen Kleid, hohen Schuhen und roten Dessous am Tag unserer Weihnachtsfeier am Herd stand und das oder den Gulasch umrührte.

Reinhard freute sich tatsächlich über mein Kochgeschenk und verdrückte eine Riesenportion. Wie viel inneren und äußeren Aufwand mir das Ganze bereitet hatte, nahm er nicht wahr. Und dass ich beim Kochen über den Anfang vom Ende unserer gemeinsamen Zeit nachgedacht hatte, ahnte er nicht und ich behielt es für mich. Nach dem Essen war er vor allen Dingen eins: satt. Und vielleicht waren wir beide langsam satt.

Aber auch Reinhard glitt bei anderen Gelegenheiten in eine Art Alltag mit mir, ein Alltag, der einfach nicht zu uns passte, und ich bin überzeugt davon, er meinte es genauso gut und freundlich wie ich meine Kochaktion.

Einmal brachte er seine Bohrmaschine mit, die er heimlich ins Auto geschmuggelt hatte, um eine Gardinenstange bei mir zu montieren. Ich freute mich sehr, als die Gardine endlich hing, die zuvor wochenlang über dem Sofa gelegen hatte, und ich fand auch, dass Reinhard auf der Leiter stehend mit der Bohrmaschine in der Hand eine sehr gute Figur machte, aber unsere Liebeszeit fiel an diesem Tag zwangsläufig entsprechend kürzer aus, was mich etwas nörgelig stimmte, und irgendwie flammte auch in dieser Situation kurz in mir der Gedanke auf, dass es nicht passte und dass ich vor allen Dingen keinen Alltag mit Reinhard wollte.

Ich wollte Liebe, Lust, Leidenschaft und Lachen. Ich wollte das Besondere. Ich hätte so gern weiter mit Reinhard Zeit im siebten Liebeshimmel verbracht. Ich hätte mir sehr gewünscht, es wäre immer so weitergegangen. Es war so lebendig und fröhlich und sinnlich zwischen uns. Aber auf der anderen Seite rückte der Alltag immer näher. Und gemeinsamer Alltag an Ort B, das passte irgendwie nicht. Alltag lebte Reinhard an Ort A, und das seit über zwanzig Jahren. Mit mir, das war doch etwas ganz anderes.

Und immer häufiger brachte Reinhard seinen Alltag von Ort A mit zu mir. Er erzählte mir von allem, was sein Leben an Ort A ausmachte. Wenn es Ärger in der Firma gab, war ich die Erste, die davon erfuhr. Wenn er sich Sorgen machte, schrieb er mir sofort, und wenn der Haussegen an Ort A schief hing, jammerte Reinhard bei mir darüber. Wir kannten uns schon so lange und waren uns so nah und lebten diese Nebenbeziehung so intensiv, dass er all das, was ihn beschäftigte, mit in mein Schlafzimmer brachte. Es waren nicht mehr nur noch Auszeiten von Ort A, er hatte Ort A quasi mit unter dem Arm, wenn er bei mir die Treppe hochkam und die Tür aufschloss.

Es nahm schleichend eigenwillige Formen an. Reinhard lag eng umschlungen mit seiner Zweitfrau zwischen den dicken Kissen und immer häufiger gab ich ihm dann Tipps für seine Ehe. Ich erklärte ihm das Verhalten und die Reaktionen seiner Frau. Das war genauso verkehrt wie die Gulaschkocherei.

Die Nebenfrau zu sein, mit all den Verrücktheiten, die wir uns erlaubten, war himmlisch. Aber mit Reinhard im Bett zu liegen und ihm dort zu erklären, dass er mit seiner Frau mal wieder reden müsste und dass es nachvollziehbar wäre, dass sie gereizt reagierte und dass sie es verlernt hätten, sich miteinander auszutauschen, und dass es Raum und Zeit für Gespräche bräuchte zwischen ihnen und … und … und … Das war doch nun wirklich die total verkehrte Welt. Ich hörte mich selbst solche Sätze sagen, und Reinhard war dankbar für jedes Gespräch. Aber aus meiner Sicht war es schräg und verkehrt.

Eine Paartherapeutin liegt nicht in durchsichtigen schwarzen Spitzenkleidern hingehaucht in den Seidenkissen. Sie sitzt auf einem Stuhl, hat eine Brille auf der Nase und macht sich Notizen, während ihr gegenüber ein Paar sitzt, das Rede und Antwort steht und um Lösungen für seine Themen ringt.

Es schien für ihn selbstverständlich, dass er mir jedes Detail seiner häuslichen Schwierigkeiten schilderte, und dass diese tendenziell zunahmen, wunderte ihn sehr und mich überhaupt nicht.

Ich erzählte Reinhard natürlich auch sehr viel aus meinem Leben und er gab mir Rat, aber es ist doch ein himmelweiter Unterschied, ob ich gelegentlich Dampf abließ, weil ich mich über meine Chefin geärgert hatte, oder ob er mir schilderte, welche Szenen sich auf dem heimischen Anwesen abspielten. Ich hörte mir in Endlosschleife die immer gleichen gegenseitigen Vorwürfe von Ort A an, um Reinhard dann zu erklären, wie die Situation sich aus Sicht seiner Angetrauten wohl darstellen würde. Und wenn ich all das für ihn sortiert und erklärt hatte und ich ihm noch eine Hausaufgabe für sein Zuhause mitgegeben hatte, kam der erotische Teil des Abends endlich dran.

Das konnte ja nicht gut gehen. Das macht selbst die geduldigste Nebenfrau irgendwann nicht mehr mit, und auch die erotischen Seiten verknittern dabei immer mehr. Und das wollte ich nicht. Es war also nicht der oder das Gulasch allein Auslöser dafür, dass ich trotz der vielen wundervollen Erlebnisse, die wir gemeinsam gehabt hatten, langsam anfing, abzuwägen, wie viel Reinhardsches Chaos ich bereit war, in Kauf zu nehmen, wenn die Liebesbilanz in meiner persönlichen Welt langsam ähnlich bedroht schien wie die Ökobilanz dieses Planeten.

Kapitel 10 - Fernbedienung

Aber bald darauf ergab sich wieder die Chance auf eine gemeinsame Reise und so flogen wir gemeinsam wieder einmal auf „Fortbildung" in die Sonne und ans Meer, worauf wir uns beide freuten. Vor Ort hatte ich genug Zeit und Gelegenheit, meine persönliche Bilanz in Sachen Liebe, Lust und Leidenschaft zu ziehen. Im Gepäck waren neben Bikinis, Kleidern, einem großen Sonnenhut und meiner Sonnenbrille also auch meine persönlichen Zweifel daran, dass es sich für immer und ewig mit Reinhard so durchs Leben lieben ließe.

Reinhard holte mich dieses Mal am Flughafen ab, da wir ausnahmsweise von zwei unterschiedlichen Orten abgeflogen waren. Der romantische Händchenhalteeffekt im Flieger war also schon einmal ausgefallen.

Wir fuhren noch eine gute Stunde mit einem Mietwagen zu unserem eigentlichen Ziel und im Auto passierte das, was ich mir immer geschworen hatte, dass es mir niemals passieren würde: Reinhard schaute nach vorne, lenkte den Wagen gekonnt wie immer, und bohrte dabei in der Nase. Ich glaubte zunächst, ich hätte mich bei meinem Seitenblick vertan, aber die Szene wiederholte sich, und nun war es eindeutig: Wir hatten eine neue Dimension an Nebenbeziehung erreicht. So viel Alltag hatte ich gar nicht bestellt. Ich versuchte, diesen Gedanken zu verscheuchen, aber es fiel mir schwer.

Die Hotelanlage war sehr schön mit Pools, Cafés und Restaurants ausgestattet, das Wetter zeigte sich allerdings zu kühl und trüb für die Jahreszeit. Wir zogen unsere kleinen Koffer durch die Anlage und fanden direkt unser Zimmer. Dieses war hübsch gelegen mit einem schönen Ausblick und einer luxuriösen Ausstattung. Die zusammengeschobenen Betten standen einladend in der Mitte des Raumes. Darüber hing ein großer Ventilator.

Auf allen vorangegangenen Reisen war in solchen Momenten das gekommen, was jetzt ausblieb: der Bettentest. Wo wir uns in der Vergangenheit, sobald wir die Hotelzimmertür mit dem Fuß hinter uns zugeschoben hatten, sofort gegenseitig die Kleidung vom Körper gerissen hatten – darin waren wir ziemlich geübt – folgte in diesem Hotelzimmer etwas anderes. Reinhard warf sich zwar auf das Bett, aber anstatt mich gekonnt und stark in seine Arme zu ziehen, schnappte er sich die Fernbedienung und wählte sich durch die Programme.

Es gibt für mich keinen schlimmeren Erotikkiller als einen Fernseher im Schlafzimmer, und überhaupt finde ich das Hobby Fernsehen ausgesprochen unattraktiv. Da ist mir jede Minute meines Tages zu schade dafür. Reinhard lag also angezogen auf dem Bett, starrte in den Fernseher, und meine Erotikkurve ging in den Minusbereich.

Ich fing an – anstatt mich zu entkleiden – die Koffer und die Kosmetiktasche auszupacken. Übrigens gab es tatsächlich mittlerweile in Hotelzimmern „seine" und „meine" Bettseite, und es war ohne jede Absprache klar, wer welchen Nachttisch bekam. Das war der nächste ernüchternde Moment für mich. Wo noch auf unseren ersten gemeinsamen Reisen alles wild durcheinander im Zimmer und auf dem Boden gelegen hatte, wurden jetzt fein artig die Schuhe an einen Platz gestellt, die Armbanduhr auf den Nachttisch gelegt usw.

Zwar banden wir, wie wir es in der Vergangenheit oft mit großem Gelächter getan hatten, die Betten mit zwei Gürteln zusammen, damit sie bei unseren nächtlichen Aktivitäten nicht auseinander rutschen würden, und wir nicht mit lautem Gescheppe mitten im Liebesakt zwischen die Betten fallen würden, aber das eigentliche Liebesspiel blieb aus, denn Reinhard war hungrig nach der langen Anreise.

Also gingen wir in eine Pizzeria, aßen unter freiem Himmel herrliche Pizza, tranken Bier und sahen den Einheimischen beim Tanzen zu. Das sah sehr vergnüglich aus. Noch vor einem Jahr wäre ich wahrscheinlich einfach aufgesprungen, hätte Reinhard auf die Tanzfläche gerissen, und er hätte mit mir tanzen müssen, so oder so, und wir hätten wahrscheinlich sehr viel Spaß dabei gehabt. Jetzt saßen wir einfach nur da, erzählten, hielten dabei zwar unsere Hände und es war durchaus lebendig, und auch in diesem Moment konnte ich mich nicht satt sehen an seinen wunderschönen Augen. Ich konnte in diesen Augen förmlich versinken. Aber irgendwie wurde ich melancholisch.

Ich merkte, es löste sich langsam etwas auf, ein Traum, der sich nach und nach verflüchtigte, einer, den ich so gerne festgehalten hätte. Wir sprachen nicht über das, was ich dachte. Zu groß schien mir die Gefahr, dass der Traum mit jedem Wort darüber noch schneller platzen würde. Das wollte ich nicht.

Zurück im Hotel schlief Reinhard schnell ein. Ich selbst lag lange wach und schaute in die sternenklare Nacht, und plötzlich entschied ich, dass dies unsere letzte gemeinsame Reise sein würde. Und ich kuschelte mich ganz fest an Reinhard und genoss jeden Atemzug, denn sein Duft war einfach immer noch himmlisch für mich und der Platz in seinen Armen der schönste Platz auf Erden. Und dennoch wusste ich, dass ich diesen Platz aufgeben würde, weil sich Glück einfach nicht festhalten lässt.

Die nächsten zwei Tage ging Reinhard immer direkt nach dem Frühstück zu seiner Fortbildung und er schwänzte keine Vorträge mehr. Er bildete sich wirklich fort. Und ich ging innerlich fort. Es war für mich eine Abschiedsreise. Ich hatte in diesen zwei Tagen viel Zeit für mich. Das Wetter war rau und am Pool zu liegen war mir zu kalt. Also lief ich am Strand entlang und durch die Dünen und über Felsen, dankbar für all das, was wir gemeinsam erlebt hatten, und sehr viele lustige und leidenschaftliche Situationen durchlebte ich noch einmal in meiner Erinnerung, während ich in einem Strandcafé saß und einen Cocktail trank. Ein paar Tränen stiegen mir in die Augen, die ich dem starken Wind zuschrieb. Was hatten wir für eine unfassbar schöne Zeit miteinander erlebt. Und in zwei Tagen würden wir das letzte Mal gemeinsam an einem Flughafen sitzen.

Eines war mir in diesem Moment bereits klar: Ich musste mir etwas einfallen lassen. Denn Reinhard war nicht ein Mann, der mich freiwillig aufgegeben hätte, sonst hätte er diesen Spagat zwischen seinen zwei Leben nicht über eine so lange Zeit und mit all dem Chaos, was dies mit sich brachte, gelebt. Würde ich ihm einfach die Wahrheit sagen, mich von ihm verabschieden und ihn bitten, mir den Schlüssel zu meiner Wohnung zurückzugeben, hätte er wahrscheinlich den Kampf um seine Nebenfrau erst richtig aufgenommen. Reinhard war kein Mensch, der gern verlor oder etwas aufgab. Aber der Kampf wäre bereits verloren gewesen, bevor er begonnen hätte. Denn ich hatte mich entschieden.

Es musste einen anderen Weg geben, und ich dachte mir, dass Reinhard ja glücklicherweise nach unserer Trennung nicht unter einer Brücke schlafen musste, sondern er an Ort A eine sehr bequeme und luxuriöse Behausung hatte. Ich ging ins Hotel zurück und dachte über das Ende unserer gemeinsamen Zeit nach.

Nachdem ich geduscht hatte und mich für den Abend anziehen wollte, benutzte ich ein süßliches und schweres Parfüm, was ich in den fast drei gemeinsamen Jahren meist vermieden hatte. Sonst wäre Reinhard nicht nur mit seinen Unterlagen aus der Firma nach Hause gekommen, sondern auch noch umgeben von einem süßlichen Damenduft. Dieser wäre der Aufmerksamkeit seiner Gattin ganz gewiss nicht entgangen.

Ich trug das Parfüm genauso auf, wie ich es immer tat, wenn ich alleine zu Hause war und ich Reinhard nicht für einen Besuch erwartete: Ich sprühte das Parfüm sehr großzügig nach oben in die Luft und lief nackt durch den herabschwebenden Duft, der sanft meine Haut benetzte. Ich liebte es, so mein Parfüm aufzutragen. Und in diesem Moment drückte ich wohl zwei- oder dreimal häufiger auf den Sprühknopf als gewöhnlich. Das Parfüm schwebte herab auf meine Haut und auf den Inhalt von Reinhards geöffnetem Koffer.

Kapitel 11 - Aufbruch

Bevor wir am Abreisetag zum Flughafen fuhren, blieben noch zwei Stunden Zeit. Das Wetter klarte auf, der Himmel war strahlend blau und die Sonne kam nun wieder wärmend zum Vorschein. Wir fuhren mit dem Mietwagen in den Stadtkern, um dort noch einen Kaffee zu trinken und uns die Zeit bis zum Abflug zu vertreiben. Durch Zufall kamen wir an einen Platz, an dem ein Musikfest stattfand. Auf unterschiedlichen Bühnen wurde Livemusik gespielt und als wir dort herumschlenderten, kamen wir an einer der Bühnen vorbei, auf der gerade etwa zehn Paare miteinander tanzten.

Ich blieb fasziniert stehen. Wie schon an unserem ersten Abend wirkte der Tanz der Paare auf mich so fröhlich, lebendig und wild zugleich, dass ich am liebsten sofort mitgetanzt hätte. Die Paare tanzten Salsa zur Livemusik, aber jedes Paar tanzte es in einer eigenen Ausprägung, mit einem anderen Schwung, individuell und ausgesprochen sinnlich und schön. Ich konnte mich nicht satt sehen daran und tippelte auf meinen Füßen hin und her. Schon immer hatte ich das Salsa-Tanzen richtig lernen wollen, aber bisher hatte sich in meinem Leben keine wirkliche Gelegenheit dafür ergeben und ich kannte nur einige Grundschritte. Während wir dort standen, schoss mir durch den Kopf, dass es mit Reinhard nie eine Gelegenheit geben würde, gemeinsam das Tanzen zu lernen.

Auf die fröhlichen Paare schauend sagte ich zu Reinhard: „Das will ich!" Ich benutzte extra die Formulierung „will" und nicht „möchte" so wie Kinder es tun, wenn sie sofort und auf der Stelle ein Eis haben wollen, egal, ob es Winter oder Sommer ist.

Reinhard kräuselte die Stirn. „Was willst Du?" Er verstand nicht direkt, worauf ich mich bezog. Ich antwortete ihm „DAS, das will ich! Tanzen!" Er lachte nur und meinte, das wäre wieder einmal typisch für mich, dass ich schon wieder so eine neue Idee im Kopf hätte. Aber er wusste auch genau, wie solche Ideen und Wünsche bei mir einzuschätzen waren: In der Regel setzte ich sie schneller um, als ich den Wunsch ausgesprochen hatte, zumindest, wenn es ein Herzenswunsch von mir war, denn dann wurde ich schnell ungeduldig. Gründe wie Vernunft, Vorsicht oder fehlender Mut, die vielleicht gegen eine Umsetzung gesprochen hätten, ließ ich selten gelten. Und so lachte er nochmals und schüttelte mit dem Kopf.

In diesem Moment begann ein neues Lied und die Paare wechselten ihre Partner. Einer der Tänzer aus der Gruppe kam spontan auf mich zu und zog mich mit auf die Tanzfläche, und wir drehten einige Runden miteinander. Ich war unbeholfen, aber mein Tanzpartner war sehr sicher und wirbelte mich gekonnt über die Tanzfläche und es waren himmlische drei Minuten unter strahlend blauem Himmel. Als das Lied zu Ende war, zwinkerte er mir noch einmal zu. Er hatte einen sehr fröhlichen und sympathischen Blick. Und schon schnappte er die Hand einer anderen Tänzerin und wirbelte wieder los. Reinhard stand am Rand der Tanzfläche und meinte, dass wir nun aber wirklich zum Flughafen aufbrechen sollten. Im Auto sprachen wir nicht viel miteinander. Jeder von uns schien seinen eigenen Gedanken nachzugehen.

Ich dachte darüber nach, dass wir beide so große Sehnsucht hatten und so viele Wünsche, und in der Zeit, die wir gemeinsam verbracht hatten, waren so viele Wünsche für uns beide wahr geworden. Und es hatten sich für uns beide Träume erfüllt, von denen wir vor unserer Begegnung nicht einmal gewusst hatten, dass wir sie träumten. Wenn wir zusammentrafen, dann wurde es immer bunter und heller und fröhlicher und intensiver und die Wünsche, die wir uns gemeinsam erfüllten, purzelten nur so aus uns heraus. Und das machte diese Intensität zwischen uns aus. Jeder Wunsch, den wir uns gemeinsam erfüllten, brachte neue Wünsche und Sehnsüchte hervor. Ich wusste, dass diese Zeit bald vorbei war.

Denn so etwas funktioniert nicht ewig. Es ist nicht wie ein Perpetuum Mobile, das sich immer wieder selbst neue Energie gibt und ewig weiterschwingt, wenn es einmal in

Bewegung gesetzt ist. Ja, unsere Liebe gab uns Energie, aber sie kostete uns auch viel Kraft. Für mich war es oft nicht einfach, immer Verständnis und Toleranz für Reinhards Leben an Ort A aufzubringen und damit zu leben, dass ich in seinem offiziellen Leben unsichtbar war und er niemals einen ernsthaften Gedanken daran verschwendete, daran etwas zu ändern.

Und Reinhard fuhr zwar immer wieder glücklich und zufrieden von Ort B nach Ort A zurück, aber der Spagat in seinem Leben war immens. Und auch wenn er es mir gegenüber nie zugeben wollte, weil er es seinerseits nicht fertiggebracht hätte, mich aufzugeben, so merkte ich deutlich: Seine Schwierigkeiten häuften sich. Je intensiver es zwischen uns war, desto fremder wurde sein Gefühl an Ort A. Er war dort, aber mit den Gedanken und dem Herzen weit weg und bei mir.

Dennoch sollte für ihn an Ort A alles so bleiben, wie es war. Er wollte keine umstürzenden Veränderungen in seinem Leben. Das mit mir, das war wild, herzlich, erotisch, fröhlich und unfassbar nah und vielleicht war in der Heimlichkeit mehr Ehrlichkeit, als er ertragen konnte. Wenn man so intensiv in zwei Welten lebt, dann ist das Glück selten in der Mitte zwischen diesen beiden Welten zu finden.

Und so wurde auf dem Weg zum Flughafen der Kloß in meinem Hals immer größer. Wir flogen, wie auch schon auf dem Hinweg, auf dem Rückflug nicht gemeinsam, wie wir es sonst immer getan hatten. Ich war froh darüber, denn ich hätte Reinhards Hand nicht loslassen können, nicht, solange ich seinen Duft neben mir eingeatmet hätte.

Ich flog vor ihm ab und drehte mich auf dem Weg in meinen Flieger nochmals zu ihm um, versuchte, über das ganze Gesicht zu strahlen, und winkte mit meinem großen Sonnenhut. Als ich meinen Platz eingenommen hatte, kam mir der Moment wieder in den Sinn, als dieser fremde Mann mich fröhlich auf die Tanzfläche geholt und mich im Kreis herumgewirbelt hatte und ich spürte nach, wie gut dieser Moment für mich gewesen war.

In den kommenden Wochen sahen Reinhard und ich uns wie gewohnt, und wie immer gab er mir zum Abschied seinen Parkschein für meine Parkscheinsammlung. Ich hatte die kleinen Zettel von Anfang an gesammelt, damit er sie nicht aus Versehen in seiner Jackentasche vergaß. Anfangs klebte ich sie an meinen Kühlschrank, aber als im Laufe der Jahre alle Küchenwände mit den Parkscheinen dekoriert waren, sammelte ich sie in der großen Schachtel weiter. Diese war mittlerweile randvoll mit den kleinen Zetteln.

Ich nahm seine Parkscheine wie immer mit einem Kuss und einem Lachen entgegen, doch nun steckte ich ihm heimlich bei dieser Gelegenheit die Parkscheine seines letzten Besuches wieder zu, mal in das Außenfach seiner Sporttasche, mal in die Tasche seines Beifahrersitzes, mal in seine Jackentasche oder in einen versteckten Winkel seiner Brieftasche. Und ich sorgte mich nicht mehr darum, ob blonde Haare auf seinem Beifahrersitz oder an seiner Kleidung hängen blieben, wenn er sich verabschiedete.

Das süßliche Parfüm trug ich nun deutlich häufiger und üppiger auf. Reinhard mochte diesen Duft an mir, und er hatte in der Vergangenheit manchmal darüber gelacht, dass ich so übervorsichtig wäre und kein oder wenig Parfüm benutzte, wenn er bei mir war. Manchmal bettelte er aus Spaß ein bisschen, weil er diesen Duft so sehr mochte und er die Vorsichtsmaßnahme überflüssig fand. Und so erfüllte ich ihm diesen Wunsch nach dem betörenden Duft in diesen Wochen deutlich häufiger. Und jedes Mal, wenn ich vor seinen Besuchen durch das in die Luft gesprühte Parfüm lief, wurde ich melancholisch, wenn es meine Haut berührte, denn ich tat es in dem Wissen, dass ich unsere heimliche Liebe damit bewusst aufs Spiel setzte. Es fiel mir schwer, denn ich hing an diesem verrückten Kerl, an seiner Herzlichkeit und an unseren heimlichen Stunden und all den Erlebnissen, die wir miteinander geteilt hatten.

Auch Lippenstift benutzte ich deutlich häufiger als in der Vergangenheit. Ich hatte ein schlechtes Gewissen, wenn ich wie zufällig mit dem Lippenstift an seine Kleidung kam. Ich wusste, dass Reinhard von sich aus nie eine Klärung oder Entscheidung zwischen seinen beiden Leben treffen würde. Er wollte mit mir im Hier und Jetzt leben und was er an Ort A hatte, wollte er nicht aufgeben.

Wie ein kleiner Junge, der sich im Spielwarengeschäft etwas aussuchen durfte und sich nicht zwischen zwei Lieblingsstücken entscheiden konnte und innerlich so sehr hoffte, dass er vielleicht doch beide bekommen könnte, wenn er nur ganz besonders flehend gucken und seine Tränen einsetzen würde – so verhielt er sich. Er würde weiterhin unzählige Kilometer zwischen Ort A und Ort B zurücklegen, bis er vielleicht doch eines Tages aus der Kurve fliegen würde wie ein Rennfahrer, der sich in der Geschwindigkeit verschätzt hatte.

Ich vermutete, dass es nicht mehr lange dauern würde, bis Reinhards Ehefrau auf meine deutlichen Hinweise reagieren würde, und dass Reinhard zunehmend gestresst bei mir ankommen würde, die Auseinandersetzungen an Ort A zunehmen würden, sein Appetit auf Schokolade und alles andere nachlassen könnte, und er mir wahrscheinlich bald erklären würde, dass seine Frau ihm eine Riesenszene gemacht, eine Affäre unterstellt und ihn vor die Wahl gestellt hätte: Sie oder ich.

Dann würde er sich weinend aus meinem Leben verabschieden, weil er das, was er an Ort A hatte, nicht bereit war, aufzugeben, und eine Zweitfrau eben eine Frau auf Zeit war, wenn es auch eine sehr große Menge an Parkscheinzeit war, die wir glücklich miteinander gewesen waren. Und ich stellte mir immer häufiger vor, es würde einen letzten Abend voller Liebe zwischen uns geben, und wir würden uns danach tränenreich voneinander verabschieden. Ich hatte keine Ahnung, wie wir diesen Abschied schaffen sollten, aber einen letzten glücklichen gemeinsamen Abend – den wünschte ich mir von Herzen. Und dann käme ein Abschied, der uns beiden das Herz fast zerreißen würde. Und Reinhard würde nach diesem Abend nach Hause fahren für immer.

Doch nichts dergleichen schien an Ort A zu passieren. Keine Szenen, kein Ultimatum, nichts deutete darauf hin, dass seine Frau meine Hinweise erhalten oder verstanden hatte. Im Gegenteil: Was Reinhard von zu Hause berichtete, ließ eher darauf schließen, dass seine Frau neuerdings bester Laune war, ihm keinerlei brisante Fragen stellte und ihrerseits ziemlich häufig abwesend war. Sie hatte sich in eine neue berufliche Herausforderung gestürzt, und Reinhard war ab und zu etwas verärgert, weil zu Hause der Service für Wäsche, Essen und Haushalt in seiner Wahrnehmung nachgelassen hatte. Und auch wenn es nun noch leichter war, ein paar Stunden bei mir einzuplanen, weil seine Gattin es aufgrund eigener Termine gar nicht mitbekam, so wurde ich langsam etwas unruhig.

Was, wenn Reinhards Frau selbst längst ein Zweitleben welcher Variation auch immer führte, und es ihr schlicht völlig egal war, wie viele Parkscheine ich ihr zuspielte? Und vielleicht war sie am Ende sogar froh, dass sie so oft an Ort A freie Bahn hatte?

Ich war ratlos, denn ich sah schon vor meinem geistigen Auge, dass seine Gattin vielleicht gerade dabei war, sich ihr neues Leben aufzubauen, und dies die Gefahr mit sich bringen könnte, dass Reinhard doch bald weinend mit seinem Kulturbeutel vor meiner Tür stehen könnte und ich die Kochwäsche für ihn übernehmen sollte und die Sportausrüstung am Ende des Tages doch in meinem Wohnzimmer kreuz und quer liegen würde und ich dann doch einmal pro Woche Gulasch kochen sollte und wir dann einen zweiten Nachttisch für mein Bett kaufen würden, auf dem dann seine Armbanduhr liegen würde und … und … und. Und dann wäre es nur noch eine Frage der Zeit, bis sich Leichtigkeit und Leidenschaft aus unserem gemeinsamen Leben endgültig verabschieden würden.

Doch eines wusste ich ganz genau: Ich wollte meine Wohnung, mein Zuhause nicht tagtäglich mit Reinhard teilen. Ich hatte mir dieses Leben und diese Freiheit bewusst so gewählt. Für sinnliche Stunden und fröhliche Auszeiten war es mit Reinhard in meiner Wohnung immer wieder himmlisch, aber wollte ich morgens mit ihm gemeinsam Zähne putzen? Mit ihm darüber diskutieren, wer den Müll rausbringt? Das wollte ich alles nicht. Die schlimmste Vorstellung war für mich, er könnte an fünf Abenden die Woche bei mir auf dem Sofa liegen und mit der Fernbedienung zwischen den Programmen hin- und herschalten.

Ein weiterer Punkt schoss mir durch den Kopf und diese Vorstellung beunruhigte mich zunehmend: Eines Tages wäre es vielleicht soweit, dass ich schon mal zu Bett gehen würde, und dann würde ich dort liegen und darüber nachdenken, ob Reinhard gerade Selfies auf meinem Sofa schoss und diese an eine andere Frau sendete. Und diese andere würde die Fotos dann scannen, um zu sehen, welche Deko es bei mir gab.

Ich würde Reinhard doch nie wirklich vertrauen können, nie mein Leben auf ihn bauen. Ich hatte es fast drei Jahre tagtäglich miterlebt, wie er sein Doppelleben organisierte und wie er sich seine Wahrheiten so lange hindrehte, bis sie zu seinen Bedürfnissen passten. Und dass er viele Wahrheiten wegließ, um auf keinen seiner Träume verzichten zu müssen. Dieser Mann war ein Mann für Lust und Leidenschaft, aber für eine gemeinsame Immobilie oder eine gemeinsame Zukunft mit Sparbuch und allem Drum und Dran war er für mich nicht der Richtige. Ein hundertprozentiges Vertrauen hätte ich ihm niemals entgegenbringen können, so sehr ich mir das auch gewünscht hätte. Ich hätte mich jedes Mal, wenn er mit seiner Sporttasche aus meiner Wohnung gegangen wäre, gefragt, ob er wirklich zum Sport ging oder nicht.

Der Gedanke an ein Ende unserer gemeinsamen Zeit war traurig, aber unausweichlich. Ich war absolut nicht zu diesen weitreichenden Veränderungen in meinem Leben bereit. Ich war es genauso wenig wie er. Und mir wurde außerdem immer klarer, wie ausgesprochen nachvollziehbar und realistisch es wäre, wenn Reinhards Gattin sich aus diesem Leben mit ihm einfach mal verabschieden würde, weil auch sie sich das nach 20 Jahren so nicht vorgestellt hatte. Wer sollte denn dann Reinhard übernehmen?!

Wo Reinhards Gattin arbeitete, hatte er einmal erwähnt. Und eines Tages fuhr ich dort nach dem Büro hin und wartete auf dem Parkplatz. Ich hatte keine Ahnung, ob dies eine gute Idee war, es war mehr Intuition, die mich losfahren ließ. Ich wusste, wie sie aussah, denn Reinhard hatte mir ja sogar Fotos geschickt, auf denen auch sie abgelichtet war. Und da ich das Familienauto kannte, war es ziemlich einfach, auf dem Parkplatz ihren Wagen ausfindig zu machen. Ich klemmte einige von den gesammelten Parkscheinen und ein Selfie von Reinhard hinter ihren Scheibenwischer und wartete in sicherer Entfernung in einem Hauseingang.

Es dauerte gar nicht lange und sie kam aus dem Gebäude. Ich erkannte sie sofort. Sie wirkte selbstbewusst, war gut gekleidet, und sie war in ausgesprochen attraktiver Begleitung. Und diese Begleitung sah nicht nach einem Kollegen aus, dem man nur flüchtig einen schönen Feierabend wünscht. Mir wurde heiß und kalt und voller Panik sah ich schon Reinhard allabendlich auf meinem Sofa sitzen.

Reinhards Gattin blieb an ihrem Wagen stehen, stutzte und nahm die Parkscheine und das Selfie hinter dem Scheibenwischer hervor und schaute darauf. Sie schüttelte nur mit dem Kopf und holte einen Kugelschreiber aus ihrer Handtasche, um etwas auf die Rückseite des Fotos zu schreiben. Dann ging sie zu dem nächsten Papierkorb, warf die Parkscheine hinein und legte das beschriebene Selfie davor und einen Stein darauf, stieg in ihr Auto und fuhr mit ihrer Begleitung davon.

Mit weichen Knien und klopfendem Herzen ging ich zu dem Papierkorb, nahm das Bild hoch und las aufgeregt ihre Zeilen: „In zwei Wochen können Sie ihn für immer haben. Er isst gerne Gulasch und Schokolade!"

IN ZWEI WOCHEN?! Die Gattin war also dabei, ihre Koffer zu packen oder seine oder wie auch immer! Und ich konnte ihm seine Koffer nicht packen. Er hatte ja nicht einmal eine Zahnbürste bei mir stehen! Jetzt musste ich mir wirklich etwas einfallen lassen, und so fuhr ich aufgewühlt nach Hause, kochte mir einen Entspannungstee und täuschte bei Reinhard erst einmal eine fiebrige Erkältung vor, um ein paar Tage Zeit zu gewinnen, denn ich brauchte einen Plan.

Kapitel 12 - Fieberträume

Und in der Nacht schlief ich miserabel. Als ich aufwachte, war mir so elend, wie ich es Reinhard gegenüber vorgetäuscht hatte. Ich hatte Kopfschmerzen, Schnupfen, Halskratzen und ich fühlte mich nun tatsächlich so niedergeschlagen, dass ich mich krankmeldete. Ich lag in meinem Bett und meine Gedanken fuhren Karussell. Da half nun auch kein Entspannungstee mehr. Ich schwenkte auf die Pfefferminzteemischung um und trank literweise gegen meine Nervosität an. Reinhards Frau würde also in vierzehn Tagen einen finalen Abschluss hinlegen, der sich wahrscheinlich gewaschen hatte! Und ich? Was sollte ich denn nun tun? Ich zerbrach mir stundenlang den Kopf, wie ich es Reinhard denn nun beibringen sollte, dass es auch bei mir keine dauerhafte Bleibe geben würde, unter den neuen Bedingungen erst recht nicht.

Langsam setzte bei mir zusätzlich Fieber ein, und während ich halb schlief und halb träumte, schlurfte Reinhard in meiner Fantasie in einer total verbeulten Jogginghose durch meine Küche, ließ seine Socken und Unterwäsche durch meine Wohnung fliegen, kicherte dabei immer wieder sehr eigenwillig, kratzte sich zwischendurch am Bauch und schleppte sich dann wieder zum Sofa; der

Fernseher lief ohne Unterbrechung und geräuschvoll schlang er eine Tüte Chips in sich rein.

Ich begann in meinem Fieber wohl langsam durchzudrehen, denn Reinhard aß überhaupt keine Chips, aber in meinen Fieberträumen von unserem neuen Alltag tat er das. In diesen Träumen klingelte es plötzlich an der Tür und Mitarbeiter einer Spedition schleppten haufenweise Surfbretter in meine Wohnung, Mountainbikes, Schienbeinschoner und Fitnessgeräte. Mein Wohnzimmer wurde immer kleiner und kleiner und sah wie das Lager eines Sportgeschäftes aus.

Zwischendurch rief Reinhard vom Sofa aus: „Schatz, was gibt's denn heute Schönes zu essen?" Und dann kam wieder dieses Kichern. Und dass er am liebsten Schlager hörte, war mir auch neu. Als er dann plötzlich auch noch den neuesten Hit von Helene schmetterte, wurde mir schlecht. Ich rannte ins Bad und spülte mir das Gesicht ab und sah in den Spiegel. Ich war weiß wie eine Wand und nun offensichtlich wirklich krank. Was um Himmelswillen sollte ich tun? Vierzehn Tage waren ein Hauch von nichts, um einen guten Plan zu entwickeln.

Mit belegter Stimme rief ich meine besten Freundinnen an. Eine brauchbare Idee konnten sie mir aber auch nicht geben, außer vielleicht, eine Schwangerschaft vorzutäuschen, um Reinhard damit direkt in die Flucht zu schlagen. Das hätte ich aber einfach nicht fertiggebracht, ihn so anzulügen. Ich wälzte mich in meinen Kissen, mir war heiß und kalt, und am liebsten hätte ich mich einfach in meiner Wohnung eingeschlossen und keinen Pieps von mir gegeben, wenn Reinhard geklingelt hätte, aber das war ja auch keine Lösung.

Nachmittags machte ich mir eine Dosensuppe warm, und während ich darin rührte, überlegte ich, ob ich mir kurzfristig von einer meiner Freundinnen einen Hund ausleihen sollte, denn Reinhard hatte eine starke Hundehaarallergie. Aber leider hatte ich selbst so gar keine Erfahrung mit Hunden und war mir auch gar nicht sicher, was so ein irritierter Vierbeiner, der plötzlich bei mir einen Mann in die Flucht schlagen sollte, alles anstellen würde, und ob ich mit einem Hund überhaupt klarkäme.

Nein, nein, das war alles keine Lösung. Zwischenzeitlich kam mir nochmals der Gedanke, ihm doch einfach die Wahrheit zu sagen, dass es sehr schön mit ihm gewesen sei und dass er hinreißend sei, aber dass irgendwie das Feuer langsam erloschen sei und ich mich gerne von ihm verabschieden würde. Aber das würde nie klappen, nie! Ich hätte dieses Lebewohl wahrscheinlich nicht einmal fertiggebracht, wenn er mit seinen wunderschönen Augen, die sich schlagartig mit Tränen gefüllt hätten, vor mir stehen würde, ich seinen himmlischen Duft dabei einatmen würde und er mich dann mit schief gelegtem Kopf ansehen würde.

Und er würde dann auch erst so richtig aufdrehen und beteuern, dass das mit uns niemals vorbei sein dürfe und vor dem Hintergrund, dass er ja offensichtlich demnächst sein wohliges Heim verlieren würde oder die Betreuung darin, würde ich es ja noch weniger fertigbringen, mich von ihm zu verabschieden. Und dann hätte ich ihn auf gut Deutsch an der Hacke! Und dann wäre es ganz, ganz schnell vorbei mit der Leidenschaft und dann auch endgültig, und dann bliebe nur noch Zwiebelgeruch, Gulasch und die Kochwäsche.

Nein, ich musste seiner Frau irgendwie zuvorkommen. Und mit einem vernünftigen Gespräch würde ich das niemals schaffen, nie! Nein, wenn überhaupt, ginge es nur mit einem Knall oder Krach, kurz und schmerzlos. Und selbst dafür fiel mir partout kein Grund ein.

Ich konnte ihn ja schlecht anschreien und sagen, dass er demnächst zu Hause rausfliegen würde und dass ich darum jetzt mal ganz flott unsere Nebenbeziehung beenden müsse. Verdammt, schon ewig hatte ich mich nicht mehr so ideenlos gefühlt.

Meine Tante Klara schoss mir noch durch den Kopf. Die könnte ich eventuell um Rat bitten, denn sie hatte ihr Leben lang die tollsten Männer kurzfristig in ihr Leben gelassen, war aber dann auch sehr begabt darin gewesen, sich dieser wieder zu entledigen, weil sie eine sehr moderne und unabhängige Frau war, die sich gern selbstbestimmt durchs Leben lebte und liebte. Wenn mir jemand weiterhelfen konnte, dann sie. Ich sprang aus dem Bett, kramte ihre Nummer raus und rief sie an, doch leider Fehlanzeige: Tante Klara hatte in bester Laune auf ihre Mailbox geflötet, dass sie sich zurzeit auf Weltreise befinden würde und dass sie vor März nächsten Jahres wohl eher schwer auf ihrem Kreuzfahrtschiff zu erreichen wäre.

Ermattet fiel ich in meine Kissen zurück, lutschte Halstabletten und fing hemmungslos an zu weinen. Ich war mit meinen Ideen am Ende. Ich wusste, dass mir – so oder so – der Abschied von Reinhard sehr schwer fallen würde, und dass das ohne Tränen und Herzschmerz nicht klappen würde, aber noch mehr heulte ich nun bei der Vorstellung, dass er hier vor meiner Tür stehen würde und ich dann ganz sicher wüsste, dass er es nicht aus brennender Liebe zu mir tat, sondern weil er gerade an Ort A rausgeflogen war. Das war doch keine Basis für ein Zusammenleben, aus dem man nicht so ohne weiteres wieder rauskam. Und lieber war mir ein Knall am Schluss als ein schleichender Tod unserer Leidenschaft.

An diesem Abend schaltete ich sogar aus Verzweiflung den Fernseher ein, was ich ja nicht leiden konnte, aber ich musste mich irgendwie ablenken. Zwischendurch schrieb ich Reinhard Nachrichten, dass es mich erkältungstechnisch ganz schlimm erwischt hätte und dass mir ganz furchtbar elend wäre. Und wie elend mir war! Und dass ich schlafen müsste, ganz viel schlafen. Reinhard zeigte sich reizend im Chat, bedauerte mich und bedauerte vor allem sich, weil unser Treffen am nächsten Tag ausfallen würde.

Irgendwann schlief ich ein, warf mich die ganze Nacht hin und her, und schleppte mich am anderen Morgen ins Bad, nachdem ich einer Kollegin telefonisch Bescheid gegeben hatte, dass ich auch an diesem Tag noch nicht in der Lage sei, auf der Arbeit zu erscheinen. Im Bad stellte ich wie jeden Morgen als Erstes das Radio an und hörte auf dem Lokalsender Musik, den Staubericht und dann die neuesten Meldungen, während ich meine Zähne putzte und meine zerzausten Haare kämmte.

Der Nachrichtensprecher kam auf eine schnell um sich greifende Viruserkrankung zu sprechen und ich fragte mich, ob diese mich vielleicht gerade bereits dahinraffen würde. Dann wäre es doch vielleicht ganz schön, wenn Reinhard mich die letzten mir verbleibenden Stunden meines Lebens noch ein bisschen verwöhnen würde. Aber dann zwang ich mich zur Vernunft. Ich hatte ja nicht einmal mehr Fieber und ich sagte zu meinem Spiegelbild: „Jetzt reiß dich aber mal zusammen!"

Im Radio kam nun der Teil der Lokalnachrichten, der sich auf meine Stadt bezog. Der Sprecher sagte etwas von neuer Gebührenordnung, von neuen Parkvorschriften für unseren

Innenstadtbereich, in dem ich lebte. Ab dem heutigen Tag hatte die Stadt für den kompletten Innenstadtbereich die Parkgebühren drastisch angehoben, um die Bewohner unserer Millionenstadt dazu zu bringen, sich vermehrt mit öffentlichen Verkehrsmitteln zu bewegen und nicht mit dem eigenen Auto, um einen positiven Effekt für die Ökobilanz zu erzielen. Ab sofort würde in meinem Viertel und in den umliegenden Vierteln das Parken einen satten Euro pro Viertelstunde Parkzeit kosten. Nun gut, mir konnte es egal sein, denn ich hatte schon vor Jahren das Auto abgeschafft und fuhr mit dem Rad, das auf meinem Balkon geparkt stand. Also mir konnte das wirklich total egal sein.

Wie vom Blitz getroffen erstarrte plötzlich mein Blick in den Spiegel, ich schaltete meine elektrische Zahnbürste aus, spülte nochmals den Mund aus, starrte wieder in den Spiegel und dann breitete sich ein ziemlich strahlendes Lächeln in meinem Gesicht aus. Das war es! Meine Rettung! Manchmal musste man einfach Glück haben im Leben. Von einer Sekunde auf die andere war ich von meiner Erkältung geheilt, sprang unter die Dusche, zog mich an und genehmigte mir ein ausführliches Frühstück.

Ich schmierte mir mein Marmeladenbrot, trank dazu einen Espresso und eine Woge der Erleichterung durchströmte mich. Nie im Leben hätte ich es für möglich gehalten, dass ich unserer Stadtverwaltung einmal so dankbar sein würde wie in diesem Moment. Liebevolle

Gefühle für diese Stadt kamen in mir hoch. In was für einer wundervollen Stadt lebte ich doch!

Mir machten die Parkgebühren wirklich überhaupt nichts aus, aber Reinhard, dem Sparfuchs, würde es komplett das Budget für seine Nebenbeziehung sprengen. Er hatte sich doch immer so sehr vorgenommen, dass das mit mir niemals ins Geld gehen dürfte. Er war doch so stolz darauf, wie gut er das Budget für seine Zweitfrau im Griff hatte.

Ich holte Stift und Block aus meiner Küchenschublade und überschlug einmal seine künftigen Ausgaben für Parkgebühren bei mir, also nur für Parkgebühren. Da waren wir noch kein einziges Bier gemeinsam trinken gegangen oder mal ein Eis essen. Also wöchentlich war er mindestens zehn Stunden bei mir, das machte schon einmal satte vierzig Euro pro Woche. Uuuuuuiiiii, das würde Reinhard ärgern! Pro Monat machte das knapp zweihundert Euro aus, und pro Jahr, bei all den Sonderterminen, die wir so hatten, wenn seine Gattin verreist war, käme er da ganz ruckzuck auf dreitausend Euro jährlich, dreitausend! Das würde Reinhard schmerzhaft treffen. Das war meine Chance, um heil aus der ganzen Geschichte herauszukommen. Jetzt musste ich es nur noch gut einfädeln und handeln, bevor Reinhards Gattin es tat. Vor allen Dingen musste ich mindestens genauso überzeugend wirken wie Reinhard. Aber das sollte ich hinbekommen. Schließlich hatte ich es oft genug bei ihm gesehen.

Kapitel 13 - Balkonszene

Noch einige Tage schob ich meine starke Erkältung bei Reinhard in den Vordergrund, um ein wenig Zeit zu gewinnen. Wir sahen uns tatsächlich die ganze Woche nicht. Bis auf die Zeit seines Führerscheinentzuges und die Wochen, in denen Reinhard mit seiner Familie in den Urlaub geflogen war, hatten wir uns immer mindestens alle zwei bis drei Tage gesehen. Es war ungewohnt, eine ganze Woche keinen Besuch von ihm zu bekommen. Und ich dachte an ihn, und auch wenn ich es nicht gern vor mir selbst zugab, er fehlte mir. Sein Duft, sein Lachen, seine wunderschönen Augen, seine Stimme, seine Herzlichkeit und Wärme. Und ich vermisste, von ihm berührt zu werden, und ich vermisste es mehr, als mir lieb war. Ich ging an die Plätze, an denen wir häufig gemeinsam gewesen waren, und dachte über unsere gemeinsame Zeit nach.

Ich war glücklich, mit diesem verrückten Kerl so vieles gemeinsam erlebt zu haben. Aber ich wusste auch, dass es sich nicht in etwas anderes verwandeln ließ. Und ich brauchte noch einige Tage Aufschub bis zu unserem Wiedersehen. Wir schrieben viel in dieser Zeit, wir teilten unsere Sehnsucht im Chat. Es war so ungewohnt, dass wir uns so lange nicht sahen, und für mich war es wie eine

Vorbereitung auf eine neue Zeit, in der Reinhard nicht mehr in meine schöne Wohnung kommen würde, um mit mir alles um sich herum zu vergessen und nur den Moment zu genießen.

Am Freitagabend waren wir endlich verabredet. Wir hatten uns vorgenommen, auf meinem Balkon zu grillen, denn das Wetter versprach, sommerlich und sonnig zu werden. Ich gab mir besonders viel Mühe, räumte auf, stellte Blumen auf den Tisch, kaufte ein, füllte den Kühlschrank mit einigen Leckereien und zog mir etwas besonders Hübsches an. Ich war aufgeregt, denn dieser Abend würde anders verlaufen als unzählige andere wunderschöne gemeinsame Abende.

Als Reinhard die Tür aufschloss, saß ich auf dem Balkon. Es war ein herrlich milder Abend und ich schaute auf meine rot lackierten Fußnägel. Ich hatte es mir auf meiner Bank gemütlich gemacht und schon etwas zu trinken für uns kalt gestellt. Wir umarmten und küssten uns voller Leidenschaft. Unsere Begrüßungen waren immer so innig. Es waren immer und immer wieder perfekte Momente. Wir hielten uns oft lange umschlungen, als wollten und könnten wir beide niemals damit aufhören.

Aber dann schob Reinhard mich ein wenig von sich weg und schaute etwas ärgerlich und verknittert drein. „Das glaubst du jetzt nicht" sagte er „weißt du, was der

Parkschein heute gekostet hat? Vier Euro! Die nehmen jetzt hier in der Straße VIER Euro für EINE Stunde Parken. Das ist doch Wucher. Die drehen hier langsam mit ihren Preisen durch. Das hat doch bisher nicht einmal die Hälfte gekostet!" Ich lachte nur und nahm ihn betont heiter in meine Arme und erwiderte, dass es ja keinen armen Mann treffen würde und dass er sich das Parken ja gerade noch leisten könnte, und gab ihm einen Kuss.

Reinhard setzte sich auf meine Bank und guckte weinerlich. Das wäre doch eine Unverschämtheit und wie die Stadt dazu käme, so stark die Preise zu erhöhen. Ich merkte, wie sehr diese Gebührenerhöhung in ihm anfing zu arbeiten. Ich lachte nur, gab ihm etwas zu trinken und erzählte wie beiläufig, dass ich im Radio davon gehört hätte und dass diese neuen Parkgebühren jetzt im ganzen Innenstadtbereich gelten würden, damit die Menschen mehr mit öffentlichen Verkehrsmitteln fahren und häufiger auf das Auto verzichten würden, und dass ich das eigentlich ganz gut finden würde, mehr auf Bus und Bahn zu setzen, der Umwelt zuliebe.

Reinhard schnaubte nur und brummelte etwas vor sich hin, was kein leidenschaftliches Interesse für die Erhaltung der Umwelt vermuten ließ. Ich lachte wieder und sagte: „Ach, komm schon, Schätzchen, was sind denn schon die paar Euro für so viel Glück und Liebe, die wir hier gemeinsam in dieser Parkzeit miteinander haben?!" Ich stellte unsere Gläser auf den Tisch und zog ihn hinter mir her: „Habe ich dir eigentlich schon einmal mein Schlafzimmer gezeigt?" Diesen Satz hatte ich hunderte Male zu ihm gesagt, und jedes Mal hatten wir gelacht und er hatte mich hochgehoben und ins Schlafzimmer getragen.

Ich zog Reinhard hinter mir her; offensichtlich wollte er mich heute nicht tragen, was einen winzigen Schmerz in mir hochkommen ließ. Aber ich bemühte mich sehr darum, die heitere Stimmung beizubehalten. Doch in Reinhard arbeitete es, das spürte ich deutlich. Wir küssten uns und ich fing an, mich und ihn zu entkleiden. Reinhard war mit den Gedanken jedoch ganz woanders.

Er setzte sich auf die Bettkante, ließ die Schultern hängen und drehte sich ein wenig von mir weg. Während ich meinen Schmuck ablegte, konnte ich im Spiegel sehen, dass er sein Handy herausgeholt hatte und anfing, auf der Taschenrechnerfunktion etwas einzugeben. Plötzlich wurde sein Oberkörper kerzengerade, und er sagte den Satz, auf den ich gewartet hatte: „Weißt Du eigentlich, was mich der Spaß dann in Zukunft hier kosten wird? Das sind ja mindestens vierzig Euro in der Woche und fast zweihundert im Monat! Und wenn wir noch die Urlaubszeiten meiner Frau hinzunehmen, komme ich da ja gut und gern im Jahr auf Parkgebühren in Höhe von dreitausend Euro … dreitausend Euro!"

Ich drehte mich zu ihm um, begann meine Bluse, die ich gerade aufgeknöpft hatte, wieder zuzuknöpfen, sah ihm fest in die Augen und fragte ganz ruhig: „Ist dir das, was du mit mir hier hast, keine vier Euro mehr wert?" Einen Moment lang schaute Reinhard etwas verlegen an mir vorbei, aber dann erwiderte er: „Doch, schon, klar, aber jetzt rechne das doch mal aufs Jahr hoch, ich bitte dich, das ist doch eine Unverschämtheit!"

Ich ließ Reinhards letzten Satz noch einen gefühlt unendlich langen Moment unkommentiert im Raum stehen und Stille breitete sich in meinem Schlafzimmer aus. Durch meinen ganzen Körper ging ein Ruck, denn dies war der entscheidende Moment für mich.

Ich atmete tief ein und aus, meine Augen füllten sich mit dicken Tränen, meine Schultern zuckten, mein Kinn begann zu zittern, zwei, drei einzelne Tränen liefen an meinen Wangen herunter, ich ließ meine Lippen beben, und dann ging es auch schon richtig los: Ich schluchzte aus dem Stand los. Ich konnte nur noch Satzfragmente formulieren, darüber, wie sehr er mich mit dieser Vorrechnerei verletzen würde, und dass mich noch nie jemand so getroffen hätte. Drei Jahre hätte er bei mir den Himmel auf Erden erlebt, und nun würde er mir Parkgebühren vorhalten und würde mir vorrechnen, wie teuer das Liebesspiel mit mir werden könnte. Ich legte mich richtig ins Zeug. Ich weinte und schluchzte und stammelte, dass mich noch nie jemand so enttäuscht hätte. Dann warf ich ihm nochmals die Situation mit dem billigen Herzkettchen vor, das er mir zu Weihnachten geschenkt hatte, und erwähnte voller Wut und Enttäuschung unter Tränen all die Hotelgutscheine, die keine Gutscheine, sondern nur Hotelprospekte gewesen waren.

Dann riss ich die Schublade mit meinen Dessous auf und zog all die Teile hervor, die er mir im Sale gekauft hatte und warf sie ihm vor die Füße. Als letztes holte ich die schwarzen Dessous heraus, die sieben Nummern zu groß waren und nicht umgetauscht werden konnten – das Etikett hing noch daran – und schleuderte sie ihm ins Gesicht. Und dann nahm ich die Schachtel vom Schrank, in der ich die Parkscheine gesammelt hatte, schüttete sie über ihm aus, so dass er in einem Regen von Parkscheinen dastand, von denen etliche in seinen Haaren hängen blieben und schrie ihn an: „Hier, die kannst Du für Deine Steuererklärung haben! Zweitwohnsitze kann man doch bestimmt steuerlich absetzen." Und dann rannte ich zu meinem Regal und holte die Hotelgutscheine hervor, die keine Hotelgutscheine waren, warf ihm die Prospekte ebenfalls vor die Füße und heulte und schrie, dass er ja die Hotelpreise von den Kosten abziehen könne, weil er das Geld dafür noch gar nicht ausgegeben hatte.

Und dann riss ich meine Handtasche vom Tisch, holte mein Portemonnaie heraus und schleuderte ihm mein Kleingeld entgegen. „Hier, damit Du auf den Kosten für den heutigen Parkschein nicht sitzen bleibst!"

Ich bemühte mich sehr darum, mit dem Tränenstrom nicht nachzulassen, brach auf dem Bett zusammen und wimmerte nur noch, dass es für ihn keine Sonderangebote mehr gäbe und dass er jetzt gehen könne und niemals, niemals wiederkommen solle und dass er künftig keinen Euro mehr für einen Parkautomaten in meinem Viertel brauche, weil seine Parkzeit bei mir nämlich abgelaufen sei, endgültig abgelaufen!

Reinhard saß wie vom Blitz getroffen auf meinem Bett. Er guckte auf den Boden, dann zu mir hoch und dann an mir vorbei aus dem Fenster, und als ich sah, dass sich seine Augen mit Tränen füllten, zeigte ich nur noch zur Tür: „Geh nach Hause! Dort hast du freies Parken rund um die Uhr. Das große Los hast Du lange genug gezogen! Es ist vorbei!"

Reinhard schaute mich ungläubig an, öffnete den Mund, als wollte er etwas sagen, und schloss ihn wieder. Und ich konnte in seinem Blick erkennen, dass er offensichtlich tatsächlich unsere Liebe gerade gegen künftige Parkgebühren aufrechnete. Und einen überaus deutlichen Moment zu lang konnte er meinem Blick nicht standhalten, schaute wieder an mir vorbei und sagte kein einziges Wort.

Dieser Moment reichte für mich aus, dass Reinhard von einer Sekunde auf die andere all seine Ausstrahlung und Attraktivität für mich verlor und meine glühende Leidenschaft für ihn zerplatzte wie eine Seifenblase, die noch einen Moment prallgefüllt durch die Luft schwebt und dann zerspringt. Seine Augen, in denen ich immer wieder voller Liebe versunken war, zeigten mir so klar die Wahrheit, dass kein einziger Satz von ihm mehr nötig war.

Was mir als Aufhänger für eine Abschiedsszene gut geeignet erschienen war, wurde in diesem Moment tatsächlich zum Motiv, mit Reinhard keine leidenschaftlichen Stunden mehr verbringen zu wollen. Denn was in meiner Wahrnehmung ein Punkt in unserem Liebesuniversum war, eine lächerliche Kleinigkeit, die Erhöhung der Parkgebühren für eine Viertelstunde auf einen Euro, war offensichtlich etwas, was ihn tatsächlich zum Abwägen bewog, was ihm die Zeit mit mir wert war.

Ich wurde innerhalb dieses kurzen Momentes klar und irgendwie erwachte ich schlagartig aus meinem eigenen Liebestraum. Diese Ernüchterung traf mich so sehr, dass ich mich anstrengen musste, noch ein paar Minuten weinend durchzuhalten, bis Reinhard seine Schuhe angezogen hatte, ich mir meinen Wohnungsschlüssel von ihm hatte wiedergeben lassen, und er sich, nachdem ich mit einer dramatischen Geste die Wohnungstür aufgerissen hatte, die Treppe heruntertrollte, ohne sich noch einmal nach mir umzusehen.

Ich schloss die Tür meiner Wohnung, stand in der Küche und atmete tief durch. In mir sortierte sich in diesem Augenblick vieles neu, mein Herz, meine Gedanken und meine Erinnerungen. Ich hob zwei von den Parkscheinen auf, die überall verstreut auf dem Boden lagen und ging durch den Raum auf meinen Balkon, um von dort über die Dächer der Stadt zu blicken, der Stadt mit den hohen Parkgebühren.

Ich ließ die zwei kleinen Abschnitte los. Ein sommerlicher Windzug hob sie über die Brüstung. Die Parkscheine flatterten davon und ich dachte an den Tag, als Reinhard und ich in Verona küssend unter dem Balkon von Romeo und Julia gestanden hatten. Wir waren Arm in Arm durch die Altstadt gebummelt und hatten lachend auf den Stufen vor einer Kirche gesessen, um die Touristen zu beobachten und uns über sie zu amüsieren. Auf dem Schoß balancierte Reinhard einen Karton mit einer köstlichen Riesenpizza, die wir dort bei herrlichstem Wetter und blauem Himmel gemeinsam aßen. Und als er das letzte Stück Pizza für sich ergattern wollte, sah er mich an, küsste und umschlang mich, sagte „Ich werde keine einzige Sekunde mit dir jemals bereuen", und schon hatte er sich das Pizzastück geschnappt und biss mit einem strahlenden Lachen hinein.

Auch jetzt wirkte das Blau des Himmels intensiv. Die Geräusche der Stadt klangen lebendig, und die Glut auf dem Grill war gerade richtig durchgeglüht. Die Sonne schien schräg auf mein Gesicht und wärmte meine Haut. Ich setzte mich auf die rote Bank, nahm mein Glas in die Hand und stieß mit dem Glas von Reinhard an: auf die Liebe, auf die Unvernunft, auf das, was kommen mochte, und auf die kurzen und kostbaren Glücksmomente, die zu Tränen rühren können an einem strahlend schönen und hellen Tag.

Danksagung

Mein Dank gilt all den wunderbaren Frauen, die mich
ermutigt haben, dieses Buch zu schreiben. Und ganz
besonders danke ich Dora für ihre wundervolle und
einfühlsame Art. Niemand hätte diese Geschichte besser
begleiten können als du. Ich danke dir für jedes Gespräch,
jede Zeile und jedes Korrekturzeichen … und für so vieles,
was zwischen den Zeilen dieser Geschichte steht.

DANKE

Zeitfracht Medien GmbH
Ferdinand-Jühlke-Straße 7
99095 Erfurt, Deutschland
produktsicherheit@kolibri360.de